# 恐龙德克之泪王子

黄 鑫◎著

百花洲文艺出版社
BAIHUAZHOU LITERATURE AND ART PRESS

# 目录 contents

# 引 子

　　史料记载：上古神帝少昊，系黄帝之长子，贵为东夷旺族首领。可惜执政末期，因贪娱禽艺，痴迷凤舞，以至"社稷日衰，九黎乱德，民神杂糅，不可方物"。

　　相传，当时神人混居，已不分天上人间。

　　恰有一神犬曰哮天，有一仙兔曰玉兔，二位均为神祇正宗，且本性高洁，实在看不惯这般混沌行径，竟相约于天地间一片花香鸟语之处，落地生根。哮天即幻化为一棵当世最为疯长的团花树，玉兔就在树冠下甘心做了一株狗尾草。

　　从此双双在人间餐风饮露，毕竟仙筋道骨，非是俗物。虽历经了沧海桑田，亘古变迁，却依然青青葱葱，长生不绝。又过些千年，待这一草一木秀至林中翘楚，终被世人尊为了树王，草王。

　　时过境迁，天地渐渐恢复了和气，越见乾坤明朗，四界循序。

　　树王与草王历经这几千年的人间风雨，想必有了些倦意，却又忧心不止。当年扎根的清秀之地，如今已轮回成一片了无生机的沙漠。

这日，树王玩弄着手中的一滴露珠，目光游离，啧啧叹气。却是草王先开的口："哮天兄，这滴珠子也算得上天地精华，我们何不将其置于大漠之下，待他日有缘之人寻到，便可救这方生灵于水火。"

树王却略有不舍。

这兔子说得轻佻，珠子总是自己费尽光阴与心机，为这棵青草所汇集的玉露神珠。单其法力非凡已属天地罕见，里面又容杂了多少本神的甘酸与悲喜……树王不语，只是抖擞着浑身的树叶，哗哗作响。草王无奈，就地现出玉兔原形："哮兄，玉儿从此不做青草，不饮玉露，这神珠当可舍得下了吧？"

树王明知这兔子的慈悲，更知神珠于这片不毛之地的轻重，然而只是不舍。

树王再犹豫片刻，终也现出哮天犬的原形。且依然不语，两只狗爪子攥着神珠，盯着兔子发愣。兔子也把笑容凝在了嘴角。神仙之间，自然不缺些灵犀，二位只需眨眨眼睛，便做了决定。哮天突然神情大变，默念一句无名咒语，将手中神珠仰天抛去。那珠子遇热膨胀，不时，竟如半空里裁下的一角蓝穹，覆于二神面前。

风儿一起，盈盈碧波，荡漾不止……可叹这一潭子湖水！

哮天并不罢休，只再望一眼身边玉兔，便双手合十。这次口中所念，倒是清晰："诸天神祇，我哮天神犬，愿自灭元神，化

为万棵团花，共卫此湖！"说完，偌大一架身躯竟如风前轻烟，又似春前细雨，悉数润入荒沙之中。

玉兔并无怠慢，亦双手合十，绕风而逝。

只一日，方圆百里的生灵们，就传遍了这些消息。活了很久很久的树王和草王不见了，它们只留下了一片团花树林，一片青草地……那平地里冒出的一座湖泊却是神奇，忽而浩瀚如海，忽而薄如蝉翼，实在无常。

又过了很久，这些故事终被熬成了动人心魄的传说。那树王与草王，为泽一方生灵而做了牺牲，自然在人们心中一点一点地高大起来。

那潭传说中的湖水，也渐渐被附了浪漫——

"神王悲悯，那灵湖，本是他们遗留在这世间的——泪化的——骨肉！"

"那灵湖忽隐忽现，动辄云烟锁眉，那本就有着王子一般忧郁的气质啊！"

"说来，那压根就是一位王子吧！"

"真是让人心酸……"

泪王子。不知何时，那座神奇的"灵湖"，竟有了自己的名字。子民久居沙漠，心地坦诚，从此便口口相传，世代膜拜。泪王子的神奇也就日复一日地丰满，直至升华为整片沙漠中至高无上的神物！

泪王子！

一对伟大的神侣赐予这片荒漠的天骄王子，他如此圣洁、威严、慈善。他威力无比，有求必应。他手托着沙漠中一切正义与光明，脚踩着沙漠中一切邪恶与黑暗……他好像从来就不是一座湖的名字。

没人再提及这个。

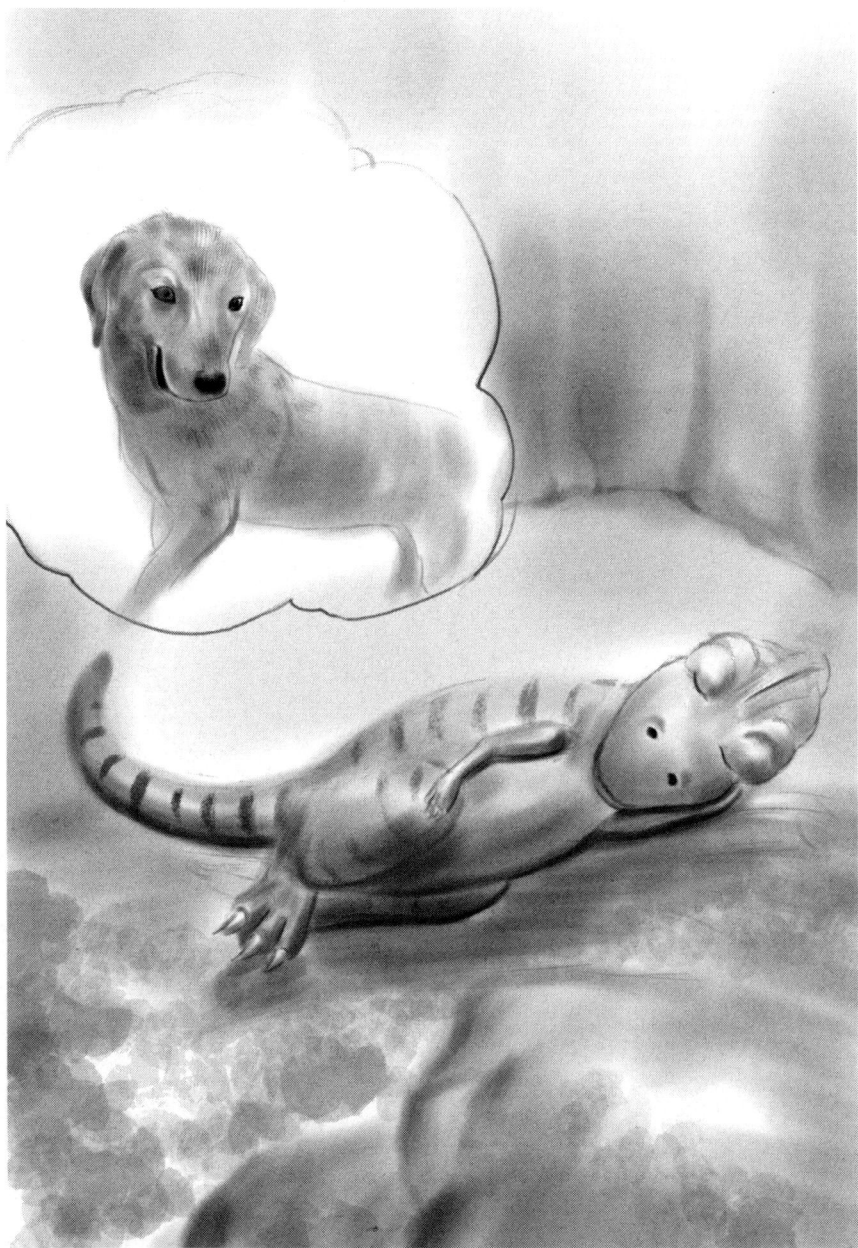

# 一、德克的烦恼

## 1

德克最近心烦意乱。

德克不但与谁都语气不和，而且还学会了骂人。这于沙漠中最大的村子——格林村来说，是无比忌讳的。格林村最优良的传统，就是和睦。这儿绝不允许有任何歧视和暴力发生。

作为一村之长的德克，这些传统，必须天经地义地传承下去。

"格林先生虽然出身恐龙，但绝非是一个暴戾之徒。他可是救过我们全村人的命啊！"

"格林先生一定是遇到了非常棘手的事情……"

"对，一定是事关村子安危的大事……"

"对对，他一定是在为了我们而烦恼……"

一开始，村民们并没去过分地指责自己的村长。他们会尽到最大的包容，来证明自己当初选一只恐龙作为格林村的村长，不但心甘情愿，而且是经过深思熟虑的。

集体做的决定，又如此慎重，便一定是伟大而正确的……这总毋庸置疑吧。

可惜，德克的烦恼并没因村民的包容而有所改观。

德克的脾气也没收敛。德克甚至变本加厉，有一次竟因为一点点鸡毛蒜皮，对自己的生死之交猪大蓬吼出了一句"蠢猪"。这头猪当场就号啕大哭起来，毕竟，他的的确确是一头猪——这是一种极为恶劣的口误。以往，猪大蓬的言行举止再有不靠谱的地方，村民们也总是小心翼翼地骂他一句"蠢驴"，从来都相安无事。

"蠢猪"事件没多久，又发生了更为严重的"上坟图"事件。

村子里有一只很有绘画天赋的老绵羊，临摹了一幅名作，名作的名字叫作《清明上河图》……这些都没毛病，毛病就出在这位喜欢显摆的老画家，非要当面给村长展示展示不可。当时，德克正烦恼不堪，抓耳挠腮满屋子转圈儿。

口误这就来了。

"羊老师，您这幅《清明上坟图》……"

跟大家普及一下，除非万不得已，最好不要在供品面前提什么清明和上坟的事儿。

老画家哪由得村长说完，一把将画卷撕个粉碎，"呜呜哇哇"哭着跑出了屋子，又跑出村外，还跑进了沙漠……若非昏迷不久就被空中的鸽子及时发现，后果实在不堪设想——羊族在格

林村属于第一大族。

所有人都觉察出来，几个羊族长老开始在背后有了些不好的议论。

"村长无端扼杀我们的天才画家，倒可不去追究，但辱骂羊族之过，总要讨个说法吧。我们世代老实巴交的，招惹谁了……"

他们尤其在德克的几个好友面前，议论得更为激烈。声音很大，而且不厌其烦。这些话，也基本上每次都会一字不落地传进村长德克的耳朵里。这次传话的是兔子王。

可是，德克听完之后的表情，依然没有太大的起伏。

德克只是顾自烦恼着，夜以继日地烦恼，绵绵不断。他的两只眼睛已然红得像面前的大白兔了，头皮也被抓得血痕累累。

烦！

## 2

德克的烦恼来临之前，生活还算得上悠闲。

德克当时仅存的一点点忧郁，也只是来自于妈妈的失踪。妈妈被龙立方救活后，就彻底失踪了。一同失踪的还有那块由泪王子幻化而成的龙立方。德克这才并不十分担心，那龙立方的法力众所周知，有它保护妈妈，自然不会出什么意外。

德克的那段时光，大都用来回忆了。

德克先是回忆，妈妈临走的时候，一定到过自己的床边。那晚的梦境实在太清晰了。

那晚，梦里的月光皎白而宁静，月下的一切也柔软得像一袭薄纱。妈妈就微笑着站在那儿，全身披了水波一样，粼光闪闪。德克还听见妈妈对自己说："以后，不要哭，要学会坚强，眼泪流得太多，就没人帮你擦了……"

回忆到这儿，德克的确会微微一笑。

却并不开心。

"妈妈，我又失眠了。您在我身边的那些日子里，我没有一个夜晚是失眠的，现在想起来，心里还是甜甜的，忍不住会笑。"

"妈妈，可是，在你离开后，我就突然学会了不开心地笑。我习惯了不开心地笑。有时笑声快把耳朵震聋了，也开心不起来……"

类似于这样的悄悄话，德克在梦里梦外不知说过多少次。

然而，梦里梦外，德克妈妈却从未再出现过一次。

当时，德克正咬着一嘴的回忆死死不放呢，日子也就一天天地过去了。时光如梭，流年飞度……失去了龙立方的庇佑，无情的岁月会让德克的一生变得短暂而悲壮。但德克并不去记恨，它毕竟也疗过自己所有的伤。

德克很快成熟起来。他的外表并没什么明显变化，只是心里的烦恼开始增加。

德克的回忆开始变得杂乱无章。有一天，德克忽然想到了那只小鸽子——那当然不是自己现在的鸽子随从，回忆起的那个，只是名字叫作小鸽子，她是《龙立方》里的那只地地道道的白脖

子乌鸦，她为救自己而牺牲了生命。

想到这儿，德克不禁吓了一跳！

原来想起和忘记都是些草率的事情，它们会像灰尘一样漫不经心。那只白脖子乌鸦……现在回忆起来，怎么可以如此模糊，那可是自己的救命恩人！德克努力回想着小鸽子的一点一滴，他终于回忆起了更多的细枝末节。包括她未满的羽翼，她稚嫩的声音，她蹒跚的步履，她伤感的泪和眼神……还有她临死前的愿望——她执意不去复活。她只是不想再做回一只乌鸦，她是约了自己来生只做两棵小草的！

"我们下辈子，哪怕不做动物，我们只做两棵小草，哪怕只做春天里的不分开的两棵小草，发芽便被牛儿啃掉，我们也心甘情愿……我们也不恨牛……"

再细想片刻，德克已经随口念出声来。德克的语气呜呜啦啦，与乌鸦如出一辙。德克绝不允许自己用一只恐龙的声音去念小乌鸦的遗言，那会显得不尊重。

烦恼这就来了。

德克村长开始对什么事务都提不起兴致，他的面前总有两棵小草在晃来晃去。德克用尽了浑身解数，依然挥之不去。那两棵草仿佛很久很久以前就把种子埋进了自己的脑海里，现在已经萌动。

先是扎根，再是发芽，很快就要疯长了。

德克的烦恼率先疯长起来。他感觉自己可能受到了诅咒，或者报复。他无数次跪在那只乌鸦的坟前忏悔："你带给我的一切，实在与我的生命没什么两样。我是因为珍惜，才想好好活完这一辈子……"

可惜无济于事。那两棵草带来的烦恼，依然日盛一日。

德克开始彻夜彻夜地不睡，而且张嘴就是那段——我们下辈子，哪怕不做动物，我们只做两棵小草，哪怕只做春天里的不分开的两棵小草，发芽儿便被牛儿啃掉，我们也心甘情愿……直到全村人都能齐声背完，他们的村长"不恨牛"。

这已经是"蠢猪""上坟图"等一系列不良事件发生完很久以后的事情了。

格林村的每一个村民，早就接受了一个残酷的现实：村长疯了。

然而善良的村民，并没有显露出重新选举格林村村长的意图。

而且那些在"不良事件"中承受过极大羞辱和痛苦的受害者们，反而以村长生病为由，四处为德克的恶劣言行进行了开脱。当然，这时发生的一切，对德克来说，已经显得毫无意义。那些得罪、原谅、功劳、罪行、批判和溢美之词，连同村内所有的俗务，都抵不过自己脑海里的两棵小草了。

只有德克知道，自己并没有发疯。

自己只是有了一些大彻大悟——德克突然感觉，与做一名村长相比，对一个救过自己生命的女孩子信守诺言，应该更为重要。

而有些大彻大悟又实在与发疯一样，是这个世界上最残忍、

最无奈的一件事情了。若不是情非得已，谁不想像个孩子一样，天真烂漫地活一辈子。德克总是莫名地发呆："我要陪在你的身边，直到死去……我们下辈子，哪怕不做动物，我们只做两棵小草……"

我们也不恨牛！听到这儿的人都会笑着附和。

瞧！又来了。

## 3

当村民们渐渐对"疯掉"的德克不那么依赖和信任的时候，德克便悄悄把家搬到了村子外，一座埋葬着小鸽子的土坟旁。

那儿，德克早就为自己准备了一间堪称完美的"书房"——毕竟，德克喜欢读书的习惯已经根深蒂固，改不掉的。德克曾在离土坟东南方向几十米远的地方，发现了一块不起眼的凹坡。那地儿跟沙漠里其他的地方并没区别，遍地黄沙，多风无雨。可于德克来说，那儿却不亚于一块"圣地"。

凹坡里有两棵高高大大的胡杨。确切说是三棵，但其中一棵是枯死的，而且算不上高大。那两棵活着的又高又大的胡杨之间，有一大簇附近极少见的地皮草，这种被践踏惯了的小草却是容不得别人小瞧的，别看它们把叶子生得低眉顺眼，那些活跃在地下的根系却能蜿蜒到极深极远的地方，汲水能力甚至不输胡杨，所以活下来的，都会顽强地支撑很久。

这簇地皮草紧挨的地方，正有一大扇被风沙磨平又风干了的仙人掌，斜竖在旁边，而且其大小和平整程度，堪比一副上好的座椅靠背呢。德克一屁股坐在草垫子上的时候，也的确把它做了靠背。

三面环丘，头顶枝叶，烈日和不是太大的风果然钻不进来多少。

德克第一次感觉，与自己的小书房相比，"格林村长"这把交椅坐起来实在不怎么舒服，跟坐在老虎凳上没什么两样……有时甚至感觉刀山火海也不过如此。

德克惬意地翻着书，烦恼尽失，就庆幸这真是一块修身养性的好地脚儿。而且附近喜欢读书的动物也实在太少了，完全不必担心被霸占了去。

德克心境一宽，加上多日的困乏，竟不自觉间沉沉地睡了过去……

德克这一觉下去，不知睡了多少个日夜。

德克只记得做过一个长长的梦。梦里，寒冷一下子就铺天盖地压了下来。却听不到一丝风声，整个沙漠像落雪时的万籁俱寂。德克惊奇地望着天空，他并没有看见什么东西，目所能及，没有一丝的亮光。那些喜欢在夜晚鸣叫和发光的虫子，怕是早早地藏了起来。该是立冬了吧……

在德克的意识中，自己是被冻醒的，醒来就忍不住打了个寒颤。

然而这明明是在盛夏，又时值正午，烈日正炙烤着沙丘，层层热浪滚滚不绝……等德克再打个寒战，这才忧虑起来。

难不成，自己真的病了？

# 4

德克正在疑惑间，突然由远至近，听到几声细微的"沙沙"声。

德克头都没扭，只是用心听着。德克深谙听声辨物的技巧，知道来者的个头绝对大不过自己的脚趾头，所以无论对方是敌是友，都不会引起自己的防备。

声音越来越近，却就在德克感觉几乎触手可及的时候，"沙沙"之声也戛然而止。

德克好奇之下，忍不住斜眼望去……光天化日之下，差点就被吓得魂飞魄散。这是德克生平从未遇见过的一只怪物！

来者个头足有自己两倍大小，通体漆黑，面无五官，四肢不分，身子占不到脑袋的一半，尤其两只小脚正如锥子般着地，怪不得脚步声只是沙沙作响。但这家伙又好像虚弱到了极点，若非整个身子挂靠在胡杨树上，好像随时都要飘走的样子。

德克不由放下了戒心。

"哥儿们，帮个忙，发什么呆呢！"

对方一出声，德克也正回过神来。但接着就哈哈大笑了起来。

这哪是什么怪物。原来只是一条黑狗正在拖拽着一只大号的黑色气球。

气球的浮力估计与黑狗的体重不相上下，黑狗又对气球爱不释手，这才搞得自己的后爪子与地面若即若离。德克再笑几声，终于抵不过天生的热心肠，起身上前去把黑气球固定在胡杨树干上，再把黑狗从气球上摘下来。

黑狗吐了半天舌头，这才依了礼数躬身致谢。德克连忙回礼。

德克虽对来者身份并不熟悉，但在整片沙漠之中，能够懂得礼数的动物，必是大龙城地域的居民。大龙城地域无外乎十几个村庄，大家远亲近邻的，意识里并不生分。

还是对方先自报了家门："在下金虎，来自狗皮洼，本是受老村长之托，出使贵村，正听闻格林村遭了大难，特来探个虚实……"

德克哪由得黑狗说完，止不住又大笑起来。

"金虎兄弟，哪儿来的小道消息，格林村……遭难？你说的是三年前的事情吧，噢，那条装神弄鬼的大蟒蛇和它的小怪兽们早被打回地狱了，还麻烦兄弟回禀贵村长，现在的格林村一切安好……"

黑狗金虎很耐心地等德克笑完。

"我知道你刚才帮过我，但我不知道你与格林村有何积怨。格林村前几日刚刚遭受了灭顶之灾，同为大龙城的袍泽，你毫无怜悯之心也就罢了，却还在此幸灾乐祸，我金虎代表狗皮洼的狼狗一族，再不耻与你这冷血之辈有任何瓜葛！"

黑狗的一本正经，竟勾起了德克巨大的兴致。

德克勉强压下笑意，反问道："格林村到底遭受了什么灭顶之灾，兄弟且说来听听，外面是如何传说的？"

黑狗显然怒气未消，只没好气地回了句："灭顶……当然是一个不剩，全村覆灭！"结果，一句原本包含了万千同情的金玉良言，竟生生变成一口恶毒之至的诅咒。

这些话钻进德克耳朵里，自然惹得他心生不适，趣意全无。

德克贵为一代格林村村长，断然不会爆出什么"瞎了狗眼"之类的粗口，只是轻描淡写地拍拍对方的狗头："狗皮洼也算是大村子，听说你们的老村长也还明白些事理，这等无聊闲话也会轻信吗？每日里格林村与狗皮洼都有居民往来，你们的眼睛瞎了吗……"

狗是最受不得别人拿自己的眼睛说事的。

不等德克说完，那只叫作金虎的，立马指向挂在树上的气球："往来？所有往来的居民，所有想探听消息的，都这个下场……"

原来，这条黑狗压根不黑，那只热气球在落地前，也是清清秀秀的乳白色。只是所有的运载工具，尤其热气球，在靠近格林村时，都会莫名其妙地解体，上面的人员也落得个灰头土脸——热气球现在所用的燃料，早已不是大白鹅当年刚刚发明时用的五彩树枝。居民们偶然间发现，在这片沙漠之下，原来埋藏了大量的黑色火炭，它们用在热气球上，可比干树枝方便得多……当然，曾经遍体金黄的金虎，现在绝不会这样想。

德克听完这些，突然有了不好的预感！

德克想到了刚才的梦境，便用力拍打着自己的脑袋，好像严冬真的会瞬息而至。

## 5

格林村不见了。

偌大一个格林村，那么多的树木，那么多的房屋，那么多的田地，那么多的村民，那么多的一切的一切……竟然什么都不见了！

金虎跟在德克身后，德克凭着自己的记忆，一次次地从小书房处丈量，测算，搜寻……每一次都无果而终。方圆百里，只有黄沙！

足足两个昼夜下来，德克的心早已揪作了一团。"我的格林村，我的村子呢……"德克喃喃着依在胡杨树旁，不由抱着脑袋瘫坐在沙子上。

黑狗身上的炭粉早被大漠的风沙吹个精光，一身的毛发竟与这黄沙不分伯仲。伏在德克身旁，仿佛只剩了眼珠和鼻头三个黑点。金虎早已洞悉，这只叫作德克的恐龙，正是格林村子最为传奇的一届村长——流传在这片土地上与格林德克有关的传说，那些神奇程度绝不亚于任何一座神庙里的神位。

然而，这条狗的表情和语气，也实在是谦卑过头了："格林先生，您看……小的倒有个建议，先生不妨暂时随小的返回鄘村，然后由鄘村的村长召集大龙城内各村的村长，共同来寻一下格林村的村民朋友们，那可都是些活生生的血肉之躯，怎么会说没就没了呢，一定能寻得到……"

德克缓缓抬起头来，目光呆滞如冰，毫无神采。

金虎刚要再劝慰点什么，就听到德克口中反复念叨着："是它们……一定是它们，是它们要回来了……一定是它们……"

金虎心中疑云笃生，赶紧竖起耳朵，四下张望……却并未感受到半点声息。

德克只顾自念叨，顾自呆滞。金虎正忧心着自己的偶像，是否会因村子巨变，而失心成疯时，却突然瞅到，远远的天边，正有一团黑幕迅速漫卷了过来……不出片刻，金虎便听到了一片叫声。

那是一大片乌鸦的叫声。

沙漠里并没有几棵树，虫子稀缺，论说应该不会有什么鸟。但乌鸦好像并不受这些影响，经常像从沙子里冒出来一样，黑压压的一大片，从天边一下子就扯满整个天空。他们并不是大龙城的居民，他们掠过沙漠好像只是为了壮观。

## 6

鸦群临近，金虎才发现，天空的黑暗并不仅仅是乌鸦的原因。

天也跟着阴得厉害。

乌鸦身后，大片大片的乌云正以沙漠里难得一见的沉闷，翻滚，奔腾，拥抱，终而浓浓密密地夯实在一起，沉甸甸的，要把天空拽塌下来的样子。

这是要下一场大雨吗？看得出地面上每一粒沙子都是兴奋的，它们完全失却了往日的压抑，一粒粒嘭嘭作跳。整个懒洋洋的沙漠，毅然变成了一只宽阔的嘴巴，大大地张着，像个饿汉。那些平日里完全被人们忽略掉的饥渴，瞬间复苏了过来。

只有德克依然呆滞。

在沙漠里，下雨总不是件坏事。金虎赶紧爬上胡杨，把已然干干净净的气球取了下来，对折压平，鼓捣成一件雨衣的样子，再把自己与德克严严地裹在下面。

乌鸦和乌云，夹着风沙，呼啸而过！

然而并没有雨，只是风，很大的风。

已听不到乌鸦的鸣叫，四周全是"咔嚓咔嚓"的声音，感觉满树的胡杨枝子转眼间就被悉数拦腰截断了。又有几股劲风，陆续旋了回来。那些断掉的枯枝，有的被带上半空，然后悬浮，下坠，最终重重地砸在沙地上，直插没顶。几枝砸向德克与金虎的，幸亏有厚厚的皮囊隔挡着，二位这才性命无忧。

恐龙皮厚，只是闷不作声，狼狗却疼得龇牙咧嘴，叫苦连天。

大漠里的风暴来势汹汹，好在转眼即逝。

此刻，德克正静静地站在新堆起的一座沙包上——下面该是小鸽子的旧坟。德克再远远地望向远处的起起伏伏——那儿该是曾经的格林村了。

小书房却是没了，胡杨树和地皮草都没了。

余风再起，残枝飞溅。德克的一颗心却也仿佛被它们挟裹着，刺啦啦地难受……德克的眼泪随着这些难受，一下子就涌出眼眶，滚落下去，滴在几块红红的火岩石上，嗞嗞作响。踟蹰片

刻，德克终归还是擦净了落泪。

德克努力止住了那些徒然的忧伤。等再望向满目黄沙时，德克就知道自己抗争不得。一直以来，命运就是这样给予的，也是这样掠走的。

毫无办法……德克扭头唤起金虎，看似漫无目标地寻个方向，大踏步向前走去。

德克的行走好像只是为了证明自己活着，好像也真的漫无目标。

# 7

德克刚才的失意，倒是一种本能。

德克口中所说的"它们"，正是那些乌鸦的幕后操手。德克虽一时理不清"它们"的真实身份和目的。但那些邪恶注定是要来了，"它们"是冲着自己来了，是冲着某些未知的欲望来了。德克有着一股清晰的感受。

妈妈的离去，格林村的消失……这些只是前奏。那些乌鸦不但是"它们"的信徒，更是"它们"的眼线。只要向德克释放过善意的人们，"它们"会逐一找到，绝不放过。

"金虎，这气球的皮囊可以送我吗？我想改成一套带帽子的斗篷……"

"先生客气，都是您的，我来……"

德克想着与亲友们种种快乐的过往，享受着眼前这条陌生黄狗的亲善，忽然感觉自己就是一条祸根。这种自责深深地啃啮着德克的内心，德克甚至一度恨不得让自己一跃而化为乌有，像一粒冰雹，把自己丢进沸腾的锅里，来躲闪这个世界。

然而，德克又何尝不知，自己即使躲闪过整个世界，也躲闪不过那些邪恶。

"格林先生，我们这是要去哪儿？"

"你听说过一只大白鹅吗？"

狼狗止不住兴奋起来："噢！噢噢！知道知道，栗园！"

# 二、狼狗金虎

## 1

金虎，是一条酷似沙漠狼的猎犬，号称狼狗。

狼狗这类品种，在狗皮洼并不少见，多年前的牧羊犬种中，狼狗便占了主流，因为他们不但外表像狼，战斗力也不在恶狼之下。传说多年前，曾有一对儿护送羊群的狼狗误入狼窝，竟生生与近百只沙漠狼搏斗了三天三夜，最终同归于尽了。

可惜，狼狗金虎，并没有像传说中的祖先那样有什么骄人的建树。

金虎甚至都浪费了这个彪悍的品种，翻看一下过去的生活轨迹，他只是循规蹈矩得一日三餐和到点就洗漱睡觉，从不与村子里的同类争勇好胜，也不去炒作自己的乐善好施，日子过得平庸而悠闲，所以在狗皮洼并不起眼。

其实，金虎的性格受主人的影响很大——王爷爷也很低调。

王老头儿除了打理数量众多的羊群，就是受村长指派偶尔去趟邻村，为狗皮洼兑换点生活用品，平时也很少见他蹲在村头抽烟袋，或与其他村民聚堆儿斗地主、下五棍棋。他很少出门，也不善言辞。

王爷爷没有家人，他是个光棍。

王爷爷从来就不是大家议论的话题。甚至前不久，自己在外出时，被沙漠中倒下的一段胡杨树枝砸伤了脑袋，大家都不知道。现在，金虎的主人已经不治身亡，静悄悄地躺在自家的床上，大家也不知道。

金虎哭了很久，为了主人，也为了自己。金虎曾在诸多书本上，反复读到过关于"丧家犬""落水狗"之类的诸多下场。

没有一个是赏心悦目的。

## 2

狗皮洼的村长倒是慈眉善目，可惜已经百病缠身。

老村长听完金虎的汇报，还是勉强从病床上爬了起来，唤来负责殡葬工作的下属，吩咐按照相对高等的待遇，给金虎的主人找块长满水草的墓地。

村长顺便把王爷爷的羊群和房产，分发给了挖掘墓地的民工。

"我呢？"金虎诚惶诚恐地问道，"村长老爷，我以后住哪儿呢？"

老人咳嗽了良久，终于一字一顿地安排："村子里，每家只允许留一条狗，你就先去村头的犬神庙里住下，待村子里有老狗

死去，你就可以与户主商量了……"

金虎知道，那座犬神庙根本没有一点神庙的样子，打自己记事起，那座土楼就成了危房。现在一定是门窗尽失，污秽横流。再说家家户户大都喜欢自己从小亲手养大的狗，而且对"晦气"这事儿看得又过重，所以就算有了空缺，像自己这种成年很久的丧家犬，一定是最没有希望的。

然而，如果不按村长吩咐，自己也便只有一条出路——被逐出狗皮洼。金虎权衡再三，感觉与其在沙漠里自生自灭，"看守高档厕所"至少还算是一条活路。

金虎也就没有作些徒劳的抗争和牢骚，只是朝着风烛残年的老村长鞠了一躬，便直奔神庙报到去了。

## 3

犬神庙里可不冷清，也没有金虎想象中的污秽不堪。

这里早早入住了一条金毛母狗。金虎对她略有印象，虽一时喊不出她确切的名字，但知道她是村子里为数不多的母狗之一，而且生性洁净，乖巧温顺。金虎还记得她是生活在一户富贵人家的，咋也沦落到了神庙呢！

小妮子却不腼腆，看到金虎，热情地打着招呼："你叫金虎是吧，住在村西头王爷爷家的吧。我叫虎妞，小时候我们在王爷爷家前玩过狗狗跳的，你忘记了吗？"

金虎心中正空落落的，语气远远没有对方的洋溢："噢，不太记得了，我正是叫金虎，你好虎妞，你为什么住在……这儿啊？"

虎妞拍了拍自己整洁的床头，示意金虎坐下："嘿，我家主人收到远方亲戚的来信，去探亲去了，我暂时没人照顾，村长便让我先住在神庙里呢……"

金虎知道，虎妞这是一种比较乐观的说词。

狗皮洼的村民，的确经常有远方的亲戚来信，也的确经常有村民们外出探亲，但至今为止，没有一家村民探亲后，又回到狗皮洼继续居住的。再有素质的，也只是给村长寄来一封《移民说明》，信中，先用玫瑰一样动人的词汇，写几句感谢关照、怀念乡亲、不好意思之类的导语，然后便利用大量的篇幅，去描述那方世界的无奇不有、美轮美奂——有一望无垠的海水，什么和煦的阳光和风，汹涌着青香的麦浪，还有各色食材制作的取之不尽的美味，高楼大厦名车豪宅……

总之，除了会说话的狗，他们好像什么都不缺。

每每收到来信，老村长都会以最快的速度安排下属，销毁殆尽。但不知从何时起，负责烧信的人员好像故意变得不那么尽职尽责了，灰烬中残留的纸片越来越多。久而久之，信中的美景终于不胫而走。

这早已成了狗皮洼和老村长的噩梦。

这其实也是虎妞的噩梦……金虎想，只是她更愿意把它们编织成美梦而已。

# 4

金虎与虎妞在犬神庙安顿没几天，便有了麻烦。

起初，二位在伙食上也还算得上满意。一日三餐由分了他们主人家产的村民们自发提供，虽然油水少点，但在狗皮洼原本就朴素清淡的饮食习惯下，饭菜质量起伏也不算太大，至少能吃饱。

但从第三日起，犬神庙竟接二连三地搬来了新的成员。

问题是他们当中，并没几个像金虎一样，有主人遗留下的殷实家业可以满足各自的温饱需求，他们甚至都没有一间像虎妞那样被主人抛弃的闲置房产，以供老村长名正言顺地安排最基本的生活福利。

新成员的组成，分两大类：一类是与主人关系不融洽的狗。另一类是主人喂不起的羊。第一类大家司空见惯，就无须解释了。第二类大家一定好奇，有必要详细说明一下。

喂不起的羊，正是狗皮洼近期出现的反常现象。

《龙立方》中，大家有所了解，狗皮洼从绵羊岭引入羊族，作用就是繁衍后代、交换商品，顶多遇到有喜欢喝羊奶的户主，再客串个奶妈啥的——总之，这一切都是与过剩的公羊不太沾边的。

而村民们拿羊羔交换来的所有商品中，其中青草是占很大比重的。而且青草只能用来喂羊；而且因为货源的迅速缺失，青草价格已由先前的一只羊换十斤，涨到了十只羊换一斤；而且价格表上还特别注明，羊的公母比例不得超过1∶9……数学好的朋友可以迅速推算出来，语文好的朋友也可以很容易地想象出来，狗皮洼多余的成年公羊，每天在饭桌上饱受的白眼和风言风语，会何等海量了。

好在，狗皮洼的雄性动物大都是有些骨气的——与其死乞白赖地寄人篱下、摇尾乞食，倒不如公然去"救助站"白吃白喝来得堂而皇之。

犬神庙这才开始爆棚。

实话实说，犬神庙本身却并不吃亏。怀着过去对犬神先生之大不敬的愧疚，和现在分享完大锅饭后产生的不好意思，难民们每天都会把神庙内外打扫得像剥了壳一样，干净得耀眼。吃亏的只是金虎和虎妞。

午饭时分——确切说应该是吃饭时分，庙里的一日三餐早在三天前就改成三日一餐了——金虎一如既往地瘪着肚子，重新清点了一遍狗的数量。

唉，又多了两条狗。

虎妞赶紧从分好的狗食中各捏出一小份，勉强凑了两小盘。

这次开饭前，金虎在一片此起彼伏的"咕咕"声中，强忍着饥饿，攀着犬神像溜光发亮的鼻头，爬上了高高的供桌："伙计们，现在神庙里的难民，已经达到了二十位，其中十位狗族，十位羊族，先前我安排把自己的伙食改成三日一餐，然后拿出虎妞的伙食全部换成青草，倒也能坚持些时日，但是，如果日后成员越来越多，靠老村长提供的两份伙食，是喂养不了这么多难民

的，吃完这餐，我想去村长那儿求一份出使证明，然后带领大家去邻村打探一下，我想他们总有需要看家护院和羊种改良的吧，只是到时外出乞讨时，大伙儿可要放下脸面……"

会场一片沉默，就连平常那几头血气方刚的公羊，也只是目不转睛地瞪着案桌上的青草，一言不发。

的确，饿死事小，失节事大啊，"讨饭"这等差事，可不能随便应承。

虎妞见场面尴尬，赶紧起来打个圆场："金虎，还是让大家先吃饭吧，我们从小就没出过狗皮洼，安于现状了大半辈子，忽然提到外出……创业，嗯……大伙总得有个思想准备不是，还是先吃饭吧。"

事实证明，"外出创业"确实比"外出乞讨"来得中听。

众人闻言，果然个个精神大振，金虎"开饭"的话音未落，神庙里便响起一片铿锵之声。不出片刻，饭桌上的餐盘已焕然一新。

## 5

金虎正捏着一小块红薯慢慢咀嚼着，忽然听到虎妞惊呼一声："村长先生！"

金虎抬头，果然看到庙门处闪进一个消瘦而佝偻的身影，正是老村长。

老村长一近前，便热情地拍打着金虎的狗爪子。然而等看清了现场狼藉的餐桌和一张张瘦骨嶙峋的面孔，老村长先是面容一怒，然后却几近哽咽起来。接下来的寒暄中，大伙儿虽没享受到老领导实质性的爱心捐助，好在也没承受对方的无端指责。

众人散尽，老村长便一味朝金虎倒着苦水。

"金虎，"村长的语调充满了忧伤，缓慢而低沉，有时甚至只张嘴，不出声，像条搁浅多时的老鲸鱼，"村子现在遇到了很大的麻烦……那些年轻的孩子，都不安心……他们受了外界的诱惑，不屑于父辈的生活和事业，他们甚至都不去用心记住草料的配方和辨认小羊的年龄了……他们只听信那些残存在碎纸片上的谎言，他们迷信着外界的诱惑，他们人人揣一颗想叛逃的心，村子正变得越来越不安分……"

金虎一直猜测着这位平日里高高在上的村长大人，贸贸然向一只破落小狼狗表露心声的真正意图，但终归没有结果。趁着对方低头哀叹的空隙，金虎只好懵懂而小心地问了句："村长先生，您需要小的我做……做什么呢？"

老人闻听，顿时神采奕奕，一把拉起金虎，俨然一个患了绝症的人遇到了一位可以救命的神医："我需要你做领袖，我需要你做这个村子的精神领袖！"

金虎虽读书不多，但对"精神"和"领袖"还是能勉强理解，唯独对"精神领袖"一词，茫然得很。但从老村长振奋人心的言行举止，完全可以看出，"精神领袖"绝对是件小可养家糊口、大可安邦定国的世间利器啊！

金虎内心一片激动和惊愕，良久说不出话来，虎妞却在旁边吃吃地笑个不停。

老村长一时血脉贲张，光滑的额头青筋突兀，浑浊的眼睛也越发地精光犀利。然而，再听下去，金虎却就彻底生了失望。

## 6

老村长对"精神领袖"的进一步阐述，并没让金虎在原本浅薄的认知基础上加深多少，看来老人家也只是一知半解。

倒是虎妞这丫头追加得头头是道："精神领袖，就是能给予大家精神鼓舞的人，能领导大家的精神向某个方向发展的人，这个人的理论会占据大家整个时期的思想，他的言论或意图，可以让大家为之欢呼雀跃，也可以为其赴汤蹈火。"

这么说……精神领袖，起码是一个"人"了？金虎用力挠了挠后脑勺，顺势朝村长耸了耸狗肩，以示无可奈何。

激情未尽的老村长却不依不饶，把手中的狗爪子握得更紧，语气也修缮得更加热烈而真诚："不需要的，不需要是人的，我曾听你的主人老王说过，他曾在格林村住过一段时间。那个村子，村民们个个齐心协力，对村长格林言听计从，全村上下，无论思想还是行动，都浑然一体，从没有异端邪说和行为出现。而格林做到这一切的唯一法宝，就是他身边的精神领袖，每一任继任的格林，都会从上一任格林继承一位王子，叫作泪王子，而这位王子，就是格林村的精神领袖，格林做的所有决定，都是泪王子的指示，那王子可以让死者复活，还可以让村子风调雨顺，让村民福泰安康……你跟过老王那么久，一定对此事了如指掌，一定知道那位王子的所有秘密，他们有泪，我们有狗啊！金虎，为了狗皮洼的未来，你就化身成狗王子，去寻一些安抚人心的技能，帮帮老夫吧……"

金虎早已哭笑不得，心想这老领导不会久病成痴了吧，自己若有那呼风唤雨的潜质，还用得着耗在难民营里天天盼救济吗？

但转念一想，眼下庙里这几十位同僚的生计，可是迫在眉睫，何不就着老村长的昏聩，利用他的权限，多拨点口粮，供自己外出为大家寻条生路，也不失为一条妙计啊。

心念至此，金虎赶紧朝虎妞施个眼色。

小妮子何等聪明，瞬间意会了金虎的阴损，配合着高声喊道："对啊！金虎，村长先生言之有理啊，一滴眼泪能做得精神领袖，你一条灵狗为什么就做不得，王爷爷生前一定跟你提过格林村中那位泪王子的事吧？"

金虎心中一喜，庄严地点点狗头："唉，说来，这本是我家的祖传秘密……他老人家，的确提过此事，而且在临终时，嘱咐我一定要再去一趟格林村，去学习一下人家先进的管理经验，尤其那什么精……精神领袖管理法，一定要学到手，回来一心一意帮村长先生重整狗皮洼的村务，这也是王爷爷未尽的心愿呐……"

这条不善扯谎的狼狗，正纠结着接下来再编出点什么不至于漏洞百出的故事情节，却被老泪纵横的村长一把抱个结实，半天没顺过气来。

爷俩最终敲定，由金虎和虎妞共同出使格林村，以备路上有个照应。

只是狗皮洼家底微薄，集全村之力竟拿不出一只可以搭载远行的热气球，更不用说昂贵的火炭燃料了。好在金虎与虎妞并没在交通工具上斤斤计较。

接下去，金虎提出把神庙难民的伙食恢复到先前的一日三餐，老村长也是端着一副百般讨好的表情，满口应承了下来。

## 7

出了村子，放眼望去，沙漠里满目疮痍。

好在并没起风。

金虎把按有村长手印的介绍信小心收好，再次详细地扫了扫手中的地图，虎妞正在拨弄一枚锈迹斑斑的金壳指南针。二位比画半天，终于定准了与面前太阳正对的出行方位，一头扎进了汹涌的热浪中。

地图是王爷爷的手笔，上面标注的格林村位置，离狗皮洼极其遥远，好在沿途有几个与狗皮洼世代修好的动物村落，可以勉强接济。小小的村落，的确为金虎和虎妞及时地进行了物资补给——当然，所谓的物资，只是单一的饮水。

食物是没人提供的，到处都缺。

而且随着路途越来越远，好像这些友好邻邦的热情程度也越来越低。最初路过鹰嘴崖和绵羊岭时，二位使者都是由村长亲自接见的，介绍信都没用掏，足量的泉水，也早早备好——尤其是绵羊岭的村民，因对狗狗的过度偏爱，甚至还赠送了一对真皮水囊。

后来途经猫头寨，手续就严谨了许多，看守们不但要反复确认介绍信上的印记和日期，还要根据两只狗各自的实际体重，定量提供最低标准的清水。

金虎和虎妞一路上的抱怨还没发泄尽兴呢，下一站就迎来了更加冷漠的鼠王国。

尊称他们一声"鼠王国"，是因为老鼠们在村头私自凿刻的三个蝇头小字。其实王爷爷的地图上，标明了这地儿是叫"耗子窝"的。

鼠王国的面积，比个巴掌大不了多少，城墙也不算高，最高的城楼尖也不过与金虎齐眉。在沙漠中，像如此规模的小村子，风沙一大，当事人眼睛一眯，甚至溜神着溜神着都能一步跨两个来回。

但是，途经的行人还是必须睁大眼睛仔细寻找的，一旦错过此地，也便错过了未来三十天路程上唯一的水源。这也是王爷爷在地图中用红笔和感叹号特别注明的。

事态严重。

两只狗头肆无忌惮地探过低矮的城墙，仔细确认着鼠王国中的残垣断壁。噢，应该没错，村子中央正有一眼突突的喷泉，这应该是鼠王国里标志性的建筑了，在这片荒无人烟的沙漠中，如此景观，绝无仅有。

二位正惊叹得出神，突然，同时感觉前爪被什么东西刺了一下！

虎妞向后急跳几步，金虎却出于惯性，朝肇事者一个抓挠，

等对方痛得鬼哭狼嚎了，才看清是几只体格健壮的成年老鼠，正在"城门"前，一字排开。

这群耗子，个个身着戎装，手中握着长短不一的骆驼刺，虽仰头望着两只体型数倍于自己的犬科动物，却威风不减，集体高声惊呼着："你们是敌人，还是朋友？是狼，还是狗？还是一只狼，一条狗？"

退后的虎妞闻听，赶紧踏前一步，扯了扯自己耷拉的狗耳朵，柔声解释："小朋友，我们是友，我们不是狼，是狗，我们都是狗！"

虎妞一边示好，一边用力肘了肘严肃的同伴。金虎也连忙笑脸一迎，摇了摇自己标志性的狗尾巴，真诚地表白："我们是狗，对，我们都是狗！"

结果，两只纯种狗狗差点磨破了嘴皮子，鼠族守卫对金虎的身份，依然疑心不减。

这也难怪，狼狗与狼，外形本就差别不大，再落在一群目光短浅的耗子眼中，哪能一时半会儿验明正身。可怜口干舌燥的金虎，眼瞅着近在咫尺的潺潺清泉，把介绍信抖得哗哗直响，却徒劳无功，直急得眼冒金星。

无奈之下，金虎只好后退一步，然后一托身边的金毛母狗，讪笑道："诸位兵爷，我身份有疑，这位地道的金毛家犬，总归特征明显吧，阁下总不会把她误会成是一头狮子吧？这样，我不入村，让这位女士带着我们狗皮洼的介绍信，进去补充泉水，总可以吧？"

较起真儿，耗子却是六亲不认。

只见为首的一只卫兵队长，双手叉腰，厉声拒道："你身份有疑，你的同伙身份就清白了吗，她当然不是狮子，但居心叵测的狗族内奸，我们却是见得多了，不要再废话了，省点口舌，还是等我们国王回来后，由他老人家亲自定夺吧！"

先前的交锋中，金虎早已了解到，鼠王国的耗子头头正在外考察，如果不出意外，紧着慢着也要三五个工作日才能赶回来。狼狗捏了捏干瘪的备用水囊，知道在这等烈日炙烤而且断了饮水的情况下，自己是撑不过一天一夜的。

罢了，一不做二不休，狗拿耗子毕竟不是什么伤天害理的事儿。

去你的国王……呸！耗子头！

## 8

老鼠们再会虚张声势，怎么会是大漠狼犬的对手。

金虎只在举手投足间，那群鼠卫兵便纷纷丢盔弃甲，四散逃去。金虎也顾不得体统，隔着城墙，伏下身子，用两只前爪掬了一捧泉水，便伸到虎妞嘴边。虎妞宛然一笑，并不拒绝，拿舌头尽数舔入嘴中。

然而等金虎掬了第二捧正要送到自己唇边时，却被虎妞一把打散在地！

虎妞的嘴巴里并没发出任何声响，她的喉咙已被喷薄而出的鲜血堵了个结实。

金虎哪见过如此险情，只吓得张口结舌，呆在原地。几只逃走的耗子这才远远地站定，阴阴笑道："二位强盗，掺了蛇毒的泉水，味道还不错吧？"

金虎半天才醒过神来，倒想抓几只耗子讨要解药，四周早已杳无鼠影。只从地下延延绵绵传出几声："犯我鼠威者，死有余辜！死有余辜！死有余辜……"

抱着虎妞越来越僵硬的尸体，金虎抹了自己脖子的心思都有。

这窝耗子能凭借如此破败不堪的防守设施，而在大漠荒沙和各类凶残天敌的关照下，屹立不倒，尤其那几个门卫的嚣张气焰和临危不惧，明显有恃无恐，人家怎么会没有自己独特的生存之道，怎么会没有超乎寻常的御敌手段呢！

都是自己的鲁莽，害死了虎妞，害死了唯一陪自己出生入死的战友啊！

金虎沮丧至极，只是泪如泉涌，哪还在意什么饥渴。

恍恍惚惚，已至深夜。金虎感觉这晚的月亮格外阴森。那枚弯着的钩子倒像只狼爪，要把自己的心脏一剖两半，晾在黑暗里。四周阴云密布，不见一丝星光。

金虎大睁着双眼，却感觉噩梦连连。

## 9

金虎等来了一片叶子。

金虎并不识得这是片什么叶子。只感觉它大得出奇，像扇门板一样，浮在流沙之上缓缓飘来。只是看那形状，确是一片叶子。上面不但叶脉清晰，而且散发着油油绿绿的光泽，谁都会以为它正旺盛地活着。

恍惚中的金虎，竟然感受到有人在轻轻说话。

但那分明又只是些窃窃私语。金虎赶紧竖起耳朵，断断续续地听到："……格林村……一夜灭门……那能令人复活的泪王子……"任金虎再怎么努力，那些声音只是越来越细，而且又全不知来源，不一会儿，便彻底隐灭了。

但就这几句碎语，已然给了金虎莫大的提醒。

找到格林村，找到泪王子，找到传说中的复活法术，虎妞便可复活了！

金虎顿时精神大振，脑洞大开。他先用飘来的鲜树叶子把虎妞裹个严实，以防尸体腐败。再深入到鼠王国腹地，最终在一间大仓库里，找到了一只热气球，还有足够的火炭。可惜气球太小，只能载得下自己一人的体重。金虎只好把裹了树叶的虎妞扛到最粗壮的那棵胡杨树下，挖个浅坑，细心贮埋起来。

当然只是覆上细沙，并在上面作了些伪装。

金虎做足这些，那燃起的热气球也刚好鼓足了力气。金虎再深望一眼那片翻新的沙土，这才奋力跳上气球，辨清方向，一路朝格林村飞去。

10

"后来呢？"

去栗园的路上，德克耐着性子听完金虎的故事，摘下斗篷，扭头问道。

金虎赶紧长吁一口浊气，目光虔诚地望向头顶："犬神保佑！直到气球解体，我遥身变作黑狗之前，倒是一切顺利。再后来，我就遇到了格林村长大人您……您……"

金虎开始变得支支吾吾。

德克知道，金虎很快便会扯到泪王子与复活的话题上。德克却故意不再多说什么，气氛也就凝固了起来。好在没走几步，德克便抬手一指远处隐隐约约的石屋。

栗园，到了。

# 三、沙漠里的复活

## 1

老白鹅和那座石头掏就的石屋，恐龙德克可是常客。

然而，对于狼狗金虎来说，面前的一切，却完全是一些道听途说来的传奇故事。这也是当初为什么金虎听到要来栗园会神情大悦的原因。那传说中的白鹅大师，可是这片沙漠中唯一比格林德克还要技高一筹的神秘人物——神仙嘛，起码要掌握"起死回生"之类的基本技能，这总不会错。

神仙仿佛生来就是为了破坏这些自然法则的，只是深得民心而已。

心急如焚，金虎不由加快脚步，奔上前去，抬手便推那扇石门。德克知道那石门一定会纹丝不动。这才不急不慢踱步跟上，拨开狼狗，在石门上轻拍了三下。

但石门依然纹丝不动。

《龙立方》里早有交代，老白鹅自从与乌鸦相赌，此生永不见日光，白天就一定会窝在自己的石屋内。刚才，德克看似柔柔弱弱地轻拍三下，也是含满了机关，不但拍下的位置要丝毫不差，而且力度也要轻重适中，加上节奏匀称，才能与屋内的白鹅引起共鸣。这些，已是二位多年的约定俗成，金虎哪会明白其中奥妙。

石门依然一动不动。就只说明一点，白鹅不在家。

然而除非白鹅本人随身携带的密钥，石门是断不能自外面开启的。

正在德克无奈之际，却突然从屋内传出一串沉闷的脚步声。德克一听便知，这么高调的动静，绝非轻盈的白鹅所为。未防不测，德克赶紧戴上斗篷，把自身面目遮个严实。并顺手拖住金虎，罩在麾下。

几乎同时，石门也"吱呀"一声，被人从屋内推开。

一团黑影跟着窜了出来，差点与德克撞个满怀……可惜任凭德克如何睁大眼睛，仔细辨认，都无法判断对方的身份。

来者也是从头到脚披了一身气球皮囊改成的罩衣，那罩衣却完全没有德克的细致，倒像披了一个麻袋。德克知道对方也必然正瞪着眼睛研究自己，但一时间实在瞧不出对方的眉目，德克便干脆低垂了脑袋，一声不吭，任由对方像自己一样漫天想象。

双方耗了足有半袋烟的工夫，"麻袋"显然定力稍逊，率先开口。

"#¥·～·¥%……—*%……"

躲在德克胯下的金虎，只是感觉有人在说着什么，而且抑扬

顿挫，调子极其怪异，但其中内容却完全无法理解，连个标点符号都听不懂——那家伙用的并非沙漠里的通用语言，那是些金虎从未听过的语调和词汇。

金虎一边听得满头雾水，同时感受到德克的身体，在剧烈地抖动。

## 2

"麻袋"的声调，于恐龙德克听来，简直是天底下最为曼妙的乐曲。

这哪儿是在说话，这压根是在唱歌。

而且那些歌词，听上去又是如此通俗易懂，完全觉不到一丝一毫的晦涩。听，那首先是一句甜蜜的问候："兄弟啊，我是棱齿龙家族的呀，你是哪个家族的啊？"

德克兴奋之余，竟不自觉地随声和道："兄弟啊，我是骨冠龙家族的哎……"

对方又唱："兄弟啊，你吃饭了吗？"

德克和："兄弟啊，我没吃呢……你呢？"

"兄弟啊，我也没吃呢……"

"兄弟啊，那一起吃……"

以金虎的定力，能坚持听到现在，已然是个奇迹，头顶上那一对没完没了的破锣嗓子，简直是锯条和钢锉的混合噪音，完全想要人命的节奏。

金虎哪里知道，这恰是恐龙族群自己的古老而独特的语言。

金虎只知道在这片沙漠里，不同物种的村民之间，包括人类在内，交流时从来都只用一种共通的语言。金虎从小在狗窝里长大，就没机会"汪汪"过一声……

再加上金虎毕竟牵挂着虎妞的复活，哪有心思藏人裤裆里听对歌啊。

金虎一不做二不休，张开狗嘴做了个大大的深呼吸，干脆把皮囊一掀，现出身形……这就有了性命之忧。

刚才还客气有加的"麻袋"，倒是先被吓得打了个激灵，但瞬间便啸声大作，原地跃起一丈多高，径直朝金虎扑去。恐龙德克何其机警，尽管正沉醉于浓浓的乡音中，原始的戒备之心却一刻也未懈怠，只见他身子微倾，双手同时用力杵地，下颌急收，对准急速下冲的一团麻袋，迎头击去。

骨冠威力，何其凶猛！

一声巨响，那条暴躁的"棱齿龙"竟如天女散花般，被击了个粉身碎骨。

狼狗虽也秉性神勇，但哪见过如此阵势，直骇得双目圆睁，面红耳赤。德克眼见形势已化险为夷，却也惊讶得大张了嘴巴——原来，一直与自己交流的，居然是一堆骨头？

也可以说是一堆石头。

德克上前查验半天，确认这只是一堆石化了的骨头！

化石，对，是恐龙的化石——德克曾在一本古书上读到过，自己的先祖们，如果因受泥石流之类的自然灾害突然致死的，尸骨大都会被泥水深埋，与空气隔绝。历经亿万年的质变，终会石

化，形成化石。

但这化石，实在与石头没有什么两样啊！怎么可能会披着风衣，操着地道的恐龙方言，与自己含情脉脉地倾诉了大半天的衷肠呢！

德克顿时胃部一紧，直弯下身子，吐得天昏地暗。

<h1 style="text-align:center">3</h1>

当然，一只破锣嗓子变成了一堆散乱石头，于金虎来说，倒没多大的意外。

而且冲着刚才德克的救命之恩，狼狗也没忍心长时间地隔岸观火，只是抖了抖骨头架子飞身时遗落在地上的皮囊，披在自己身上。寻着不合身的地方，又重新撕扯，结扣，直到满意为止。

德克好歹从内心滋生的层层醒龊中爬了出来。

"金虎，接下来，我们要小心了……"德克殷勤地把金虎的头罩扣好，以示答谢对方刚才的不耻之情，"这些本该深埋在地下的尸骸，却爬出了地面，变成了幽灵，沙漠里一定是出了大事故了！我们要步步小心，先摸清真相，再考虑对策……"

白鹅大师的石门，刚才并未合严。

德克悄声说到这儿时，已然带着金虎钻进了石屋。石屋内果然一片狼藉，原本整齐的书架东倒西歪，无数藏书也七七八八散落了一地。德克这才真正忧心起白鹅大师的安危。若不是过于仓皇，那只向来视书如命的白鹅，怎会允许自己的读书圣地遭此劫难。

然而，白鹅大师向来堪称法力无边的。

能对白鹅构成威胁的敌人，又该有多大的造业啊！

<h1 style="text-align:center">3</h1>

一直以来，德克并不怎么讨厌公鸡。

德克之所以觉得公鸡可爱，是因为从记事起，每个早晨，格林村的公鸡都会唱着悠扬的"喔喔歌"，把自己从睡梦中委婉地唤醒。而不像粗暴的妈妈，再冷的天气里，也只会直着嗓子去掀自己温暖的小被窝！

但这次却是个例外！

德克与金虎在石屋里细心地伪装半天，才蹑手蹑脚，沿着石屋的通道，往栗园方向摸爬……可惜，前面的德克刚刚爬到洞口，还没顾得上探头探脑呢，就听到一声尖锐的鸡叫："德克！德克！格林……村长大人！救命啊！救命……"

德克一听便知，准确地暴露了自己的藏身之地并戳穿了自己所有伪装的家伙，正是格林村的五好村民之一，公鸡光明。前段时间，因德克无意中骂出的一句"蠢猪"，肥猪大篷负气出走时，就顺手捎带了这只铁杆。

原来，二位是来栗园找厨子黄大娘治疗心灵的小伤口啊。

现在，随着公鸡的尖叫，再配合着凌乱的翅子所指的方向，一院子凶神恶煞的恐龙幽灵，无不齐刷刷地注视着刚刚冒头的德克和紧随其后的金虎。

虽然那只鸡正被吊在半空，德克也从一地鸡毛中清楚地意识

到了公鸡眼下的处境，但还是忍不住暗骂了声"笨鸡"！当然，蠢猪也不后进，正在案板上一声高起一声地号叫着："村长！村长啊！您先救我啊！您大人不计小人过，赶紧先救我啊！"

德克此时却由不得自己分心骂出声来，冲在最前面的一具骨头架子已然近在咫尺了，正朝着德克的喉咙亮出了獠牙。

可惜这家伙品种不争气，体形占不到德克的一半。

德克也并不歧视对手，只把原本猫下的身形稍稍站直，先躲开一击，再顺势起脚轻轻一个侧踹，那骨头架子便稀里哗啦散了一地。

狼狗金虎虽不习惯惹事，但毕竟基因里遗传了些生性好斗，又见这些幽灵打起架来不过是些脓包般的手艺，爪子一痒，便就地捡起两根石骨，径直窜进涌来的化石群中，左劈右砍，如入无人之境，直杀得咔嚓咔嚓，碎石遍地，残声震天。

德克见金虎应付得从容，就不再恋战，只偷偷绕过战场，及时将半裸的公鸡和全裸的肥猪一一救下。二位这才来了底气，起身冲上前去，与金虎联手，一番飞转腾挪，拳打脚踢，眨眼之间，现场便再没有一根能活动自如的骨头。

当三位灰毛乌嘴的勇士自豪地站在德克面前时，德克还是忍不住骂了声："蠢……"

你们倒是给我留个活口啊！

## 4

整个栗园，也是在一夜之间突然消失的。

那夜，猪大篷吃饱喝足，嚷着要去找白鹅大师聊聊人生，公鸡拗不过他，便陪着一起来到石屋。结果却并未见到白鹅的身影，二人在石屋里足足等了一夜，也没等到白鹅回来。因为公鸡要急着回到栗园报晓，第二天，他们就起了个大早，匆匆往回赶。然而却怎么也找不到那片栗园了！

村子四周的沙丘还在，只是那些高高的沙丘之中，除了黄沙，一无所有。

所有的栗树、石屋、居民，全部消失得干干净净，好像就地蒸发了一样。然而那栗园唯一的出口，就是这间石屋还在。村子里的一切，除非真的蒸发掉了，否则哪儿也去不了。

肥猪和公鸡当场就吓得魂不附体，赶紧又往石屋方向折返，那白鹅大师自然是他们目前能够抓到的最为粗壮的救命稻草。只是这次却时运不济，刚过桥头，就遇上了一群身披麻袋的骨头架子。

这种阵势下，根本无须交手——公鸡和肥猪只是两腿发软，而没有直接昏死过去，已经很给自己脸面了。

这些骨头架子好像并非想象中的嗜血成性，它们只是很客气地询问着什么。怪就怪大篷和光明外语底子薄，一句都没听懂。人家这才失了耐性，把公鸡吊起来拔鸡毛，把肥猪摁在案板上刮猪皮……幽灵们这就误会大了，非要认定两位硬汉是因气节高洁、宁死不屈才会守口如瓶。当然，二位"英雄"求饶的气势也不是吃素的，不出半盏茶的工夫，愣是让幽灵们开了窍——原来是语言方面的原因，造就了沟通上的障碍。

哎哟，实在是冤枉二位了！

一群幽灵顿时个个心怀愧疚，赶紧轮流上阵，打着手势为两个冤犯恶补自家美妙绝伦的古典方言。

结果，忙活了半天，大伙儿才发现，这基本上是个阴谋，这绝对是一项不可能完成的任务——俩榆木疙瘩几乎没有任何语言上的天赋。任凭一群外语教师使出浑身解数，用尽了他们能够想到的和想不到的所有的方法，感觉连脚下的沙子都能开口交流了，对方却依然静如泥牛，呆若木鸡！

接下来，德克他们的及时出现，与其说是肥猪和公鸡的惊喜，倒不如说是这群家教的集体惊喜——生死且不计较，至少算是一种解脱。

唉，好为人师……教训呐。

# 5

德克全神贯注地听完肥猪和公鸡的交叉描述，又在心中仔细理顺了一遍。

德克实在不敢放过一丝一毫的细节。

"你们初次进到石屋，有没有发现什么？"德克总是感觉白鹅大师无论撤离得多么仓促，一定会留下点线索的，"比如留言、纸条，或是摆设……"

二位煞有介事地低头沉思了半天，还是同时抬起脑袋，面无表情地摇了摇。

公鸡却又突然神色一振："哎，对了，就在大篷吵着要来石

屋的时候,我好像隐隐约约发现石屋方向升起过一股浓烟,又细
又高……但不一会儿便飘散干净了……"

德克听到这儿,赶紧四下捡来两块火石,又从石屋内寻出几
截五彩树枝,逐一点上,待生成了烟雾,才让公鸡仔细辨认各自
的颜色。

公鸡却只是一味摇头:"不对,不对……这些颜色统统不
对,我记得那股烟特别浓郁,这些虽五颜六色,却要轻淡得
多。"

"那火炭呢?"旁边的金虎不忍旁观德克的焦虑,上前插了
一嘴,"热气球用的火炭,生成的黑烟应该是最为浓郁的……"

公鸡光明却再次否认:"火炭形成的烟灰,满天空都是,我
又怎会不识得。绝对不是那种颜色……再说白鹅大师一向教化居
民,气球所用燃料除了自己收集的五彩树木,不要乱用其他的。
人人却置若罔闻,不但随意砍伐,还挖出了什么火炭,直搞得这
片天空乌烟瘴气。大师自己又怎会在石屋里存那些乌七八糟的东
西!"

理论到这儿,金虎想想自己从鼠王国飞来,也是烧了一路的
火炭,顿觉心虚,只好悄悄躲到角落,默不作声。

## 6

白鹅大师对自己所发明的热气球一直是心存芥蒂的。这点,
德克早有耳闻。

甚至大师还曾当面与德克探讨过此事。

热气球虽然让居民们往来方便，但毕竟是一种需要大量燃料的东西，一有不慎，势必搞得到处烟雾缭绕。大师所提到的五彩树木，却并非地面所种的传统植物。早年人人见到的五彩树木，其实只是些成段的五彩树枝。

这类树枝完全由白鹅精心研制而成，工艺烦琐，德克也只知大概——大师先是四处收集产自沙漠中的一种能够除臭的奇异草芥，混入村民们日常生成的生活垃圾中，再按比例添加自己酿制的栗子酒。最后利用模具挤压成形，晾干。还要取来屋后各色的药材花瓣，淬炼成鲜艳的药汁，涂于表面。

这五彩树枝燃烧后，只会形成水气和彩云。

水气利于降雨，自不必多说。那不同颜色的彩云，却是能够对沙漠里不同的瘟疫进行预防和治疗。这才是热气球的功能所在和大师的良苦用心。当然，不出几年，这些很快就沦为了白鹅的一厢情愿。

毕竟在偌大一片沙漠中，能生产五彩树枝的只有白鹅一人。

而能生产气球皮囊的……早已作坊林立，数不胜数。

## 7

德克的心思依然回到公鸡声称的那股浓烟上。

公鸡见村长一时半会儿也寻不到头绪，这才想起去把自己被拔掉的鸡毛悉数收捡起来，一根一根地往身上粘——《龙立方》里已交代过，公鸡光明和猪大篷一样，其实都是恐龙族群的一种，这也是方才恐龙化石的幽灵们非但没有对他俩痛下杀手，而且还要不厌其烦地传授本族语言的原因所在。

至于二位从小就不齿于恐龙的身世，甘愿做鸡做猪，那是另一码事。

公鸡光明正在专心致志地往身上粘羽毛。一不留神，却刮来一阵邪风，小风力道不强不弱，方向不偏不倚，恰恰把满地的鸡毛旋在一起，覆在了那些燃烧未尽的五彩树枝上……直把公鸡心痛得"喔喔"乱叫。

当然，公鸡并没允许自己心痛太久。

当自己的羽毛一并燃起时，也正有一股浓烟直冲云霄。

公鸡终于叫得更凶，脖子都直了："是……是这个！就是这样的浓烟！一模一样！"

燃烧的羽毛！

难道是……白鹅大师，被……焚化了？

# 四、你好，鼹鼠

## 1

白鹅大师的石屋内，德克正带头一本一本地归拢着地上的书籍。

一开始大家还有些说笑，但每从地上捡起一本书，他们又总会无意间瞄上一眼，气氛也就渐渐地沉寂下来。

除了喜欢读书的德克，金虎他们平日里并没多少机会与书籍如此亲近，现在置身于这书的海洋，竟渐渐有了份越来越沉重的压抑感。时间一长，甚至不得不做着深深的呼吸，好像不张大嘴巴就会窒息的样子。

其实德克也并不轻松。

德克手中捧了一本《君子诸篇》，当初白鹅大师教自己背诵"八字温血口诀"的情景，也历历在目。此时此刻，德克才幡然醒醒，自己足有大半年的时间，没有去背诵那些可以让自己的冷血变暖的"八字温血口诀"了——自己当选格林村长之后，村民便完全接受了自己是条恐龙的现实，血液的冷热，已然无人计较。

但德克还是浓浓地羞愧起来。

"日行三善，冷血自暖！一则目善，二则言善，三则行善……"自己甚至忘却了那些修行口诀里大部分的内容！然而当年，自己每天反省是否"日行三善"——那曾经是多么隆重、神奇而又令人自豪、激情澎湃的一件圣事啊！

德克知道，多年的养尊处优，自身的血液早已在不知不觉中渐渐变冷。

正是这血液的冷却，才导致了自己大脑的冷却，目光的冷却，唇舌的冷却，四肢的冷却……暴躁、冷漠、自私、口不择言，自己这条曾被万人景仰的盖世神龙，如今，又与那些躲在阴暗潮湿的角落里全身没有一点点温度的蛇蝎爬虫，有什么不同呢？自己这具貌似威严的血肉之躯，又比一只只飘忽虚空的化石骨架充实了多少？

德克想到这儿，就恨不得立刻找到一根钢针，对着自己猛扎一顿！

一刻也不能耽误。

德克要让自己泄尽体内所有的膨胀，然后把身子蜷缩成一只蚂蚁大小，或者更小。脚下最好找到一条小小的地缝，德克一定头也不回地钻进去！

永不出来。

## 2

公鸡连喊了三遍，德克才勉强抬了抬眼皮。

"村长！快来，这儿有一堆灰烬……"公鸡又喊了一遍。

德克终于恢复了几分精神。"对不起！"德克起身过去，不自觉地向每个人躬了一下身子。当前形势窘迫，倒是冲淡了一些德克内心的自责，但德克依然感觉自己好像亏欠了别人什么，比所有人都矮了一头。

"村长……"猪大蓬显然被领导的"很有礼貌"吓了一跳，"村长您没事吧？村长……"

"对不起！"德克把头点得更低，像个被当场抓获的扒手。

好在公鸡邀功心切："村长，您赶紧过来看看，这果然是羽毛燃尽后留下的！"

德克很绅士地靠个边缘蹲下，仔细查验着地上的灰烬。德克先是抓起一把，一番手捏掌搓之后，这才缓缓起身，神情已是悲恸不已。

"这正是白鹅大师的骨灰……"德克一字一顿地宣布。

纵然再有心理准备，猪大篷也没忍住号啕大哭起来，这世间仅存的一只赏识自己的高级动物，就这么轻易灭绝了？老天太不公平了！太残忍了……

公鸡的情绪倒没多大的波动。

至于狼狗偷偷抹掉的几滴眼泪，却也全是流给了那个迫切需要复活的虎妞。

## 3

德克任由大家各忙各的吊唁，自己赶紧找来一个纸袋，细心地把白鹅的骨灰一把把收拢进去……待收到最后，骨灰下面竟然露出了一只盛酒用的皮囊！

德克看到酒囊，这才眼睛一热，差点流下泪来。

读过《龙立方》的朋友想必记得，这酒囊于德克来说，却是再熟悉不过了，可谓爱恨交加。它救过自己的性命，也吸过妈妈的鲜血，它曾让自己沉迷于颓废之中，也为这片沙漠的发展立下了汗马功劳——白鹅大师的第一架飞行气球，就是由它幻化而成的。

如今旧物重现，斯人已逝，自然勾起了德克的万千惆怅。

德克抱起酒囊，知道它最基本的神奇之处是不但会自行酿酒，而且永不枯竭。德克轻轻扭开盖子，心中念道，大师，就让弟子陪您再饮一次……德克先是就地洒上一道，再仰头自抿一口。虽然痛心之下，并品不出什么味道。

"好像有字！村长，快看，是不是有字！"

德克正在闭目悲伤，却冷不防又被公鸡推了一把。

德克寻声瞧去，原本替自己收拾骨灰的公鸡，正趴在地上，指着刚才的一道酒痕大叫。金虎和大篷受此惊扰，也纷纷凑过来。德克不觉心头一喜，哪还顾及其他繁杂，一颗大脑袋直直地挤了进去。

那酒痕中，的确有字，只是笔画细若蚕丝，而且断断续

续——

"上面写的应该是……鼠王国……狼屯……泪王子……"毕竟狼狗的眼神最为出众，即使屋内光线不足，金虎还是率先念了出来。只是众人再急催读得详细些时，他却声称字迹已全部隐去了。

任凭德克提着酒囊如何浇灌，那些纤细文字，再没现出一笔一画。

## 4

这些文字，铁定是白鹅大师留下的。

虽然德克一时猜不透白鹅大师的用意，也猜不透大师是为谁所害——那群草包幽灵万万不是大师的对手。

但这鼠王国、狼屯、泪王子自然是解开这些谜团的不二线索。

刚才，金虎已经在地图上准确标示了鼠王国的具体位置。至于狼屯，金虎说倒是听自己的主人提到过，那儿路途遥远，并不属于大龙城的范围，只是方位恰好在栗园连接鼠王国的延长线上……

"那么巧？"德克眯着眼睛随口问道。

金虎却只是慌乱地点点头，并不作答。

德克久经风雨，阅人无数，此刻又处在生死攸关的要害，怎会放过这一丝一毫的疑惑。只见他轻轻拍打着狼狗的臂膀，柔声劝道："金虎兄弟，我知道你有心事，也知道你并非邪恶之徒，但是如果我们心存一点点私利，就会导致前功尽弃，满盘皆输……希望你实话实说，刚才你说的一切，是否存有虚假？"

金虎闻听，果然声色俱变，几近匍匐在地！

"格林……村长大人，方才地上显现的文字，其实并没有'鼠王国'三个字，小的只是忧心伙伴的性命……大人，求您发发慈悲，去救救她吧，她真的是一条好狗，她那么善良，我宁可替她去死……"

德克长叹一声，已知狼狗所言不虚。还是追问一句："那狼屯的位置，可是确如你……你家主人所说？"

那狼狗干脆长跪在地，举掌过肩："犬神在上，金虎再无半句诳语！"

德克知道金虎救友心切，况且原本去那狼屯，鼠王国也是必经之路，所以并不想去追究什么。只一把拉起狼狗，再扭头吩咐光明和大篷，加快收拾速度。

无论如何，那狼屯是要去闯一闯了。

## 5

狼屯。

狼屯只是流传在龙城居民口中的一个村子，并没人真正见过。

但那却是些充满着血腥的传说。

当年，这片沙漠还是草原的时候，统治这片土地的动物，是一种叫作草原狼的。推算起来，应该是金虎的近亲。它们的主要

食物，便是在这儿吃草的羊。后来，随着气候日渐恶劣，草原退化，风沙肆虐，羊群的数量锐减，加上自然村落的兴起，家家户户把羊儿视同亲眷，那些野狼才渐渐失去了口粮，只好集体迁徙了出去。

后来在某一只狼王的带领下，它们终于寻到了一处水草还算丰满的偏远之隅，定居了下来，建立了狼屯。但因地域狭小，食物毕竟成了最大的困扰，狼群便定下了严格的屯规，不但在本族群内控制后代的繁殖，对外来者亦绝不手软，任何异类一旦涉足，必穷全屯之力群起而歼。

狼群在自然界中的群攻能力首屈一指，德克自然不敢小觑。

狼屯之行也必然凶险至极。

德克却没有半点的犹豫。白鹅大师所指，注定是与那些邪恶有着千丝万缕的关系，那些正在致自己的亲友与村民于生死绝境的邪恶，即使面对再大的危险，自己又怎会妥协！

德克再次想到了那句"日行三善，冷血自暖"。

而不向邪恶妥协，又何尝不是一种行善……德克心想。

也只有不向邪恶妥协，才会把多年来吸附在自己骨头上的惰性一点点地剔除干净，才会让自己的腰板重新像面前的大路一样变得笔直。才会坦然地面对白鹅，面对村民，面对妈妈，面对自己的过去和未来。

才会感觉到自己在一天一天地活着，和……死了也没什么。

呸！狼屯。

# 6

"金虎兄弟，鼠王国那儿真有你死去的朋友？"

这一路上，估计最受不了沉默的当属猪大篷了。德克心事重重，公鸡少言寡语，自然只有这条狼狗是最适合的交流对象。可惜，金虎正为自己的撒谎行为默然忏悔，任凭大篷啰唆半天，自己只勉强应了一个"嗯"字。

肥猪哪会罢休："想复活，那可太容易了，你知道我们格林村有什么外号吗？"猪大篷问完，却并不等对方作答，"复活村啊！知道吗？放眼这片沙漠，整个大龙城，哪个村子敢叫复活村？你说，复活——在我们手里，那还算事吗？"

狼狗又"嗯"了一声，看得出来情绪依然不高涨。

这次肥猪却一指德克背影："当年那些尸体都烂得只剩骨头了，愣是被村长给复活得活蹦乱跳！你知道村长与泪王子的关系吗？"

这又不是什么秘密，全沙漠都在传颂，谁人不知。

但金虎总算提了提兴致，扭头应了两声："嗯？嗯……"

大篷却很为对方的一丝升温感到亢奋，不由提了提嗓门："你们感觉那泪王子神乎其神，当年，它其实只是我们村长鼻头上的一块绿色胎记。"然后再压低声调，以彰显这小道消息的可靠性，"可惜村长上任之后，为了臭美，去村里的诊所给修整掉了！"

见金虎半信半疑，大篷又赶紧重重地撂下一句："实在太可

惜了！对不对，光明？"

公鸡正忙着打理身上稀稀拉拉的羽毛，虽不明就里，还是赶紧配合，啄米一样地点着鸡头："对，对，实在是可惜！"

泪王子毕竟是个惹人喜爱的话题。

金虎正停下脚步，想问个仔细，却听到前面的德克大大地"哦"了一声。接着，就传来了细声细语的一句轻喝："贵宾请留步，您已入我鼹鼠王国禁地！"

众人赶紧涌上前去，却在德克面前几米远的地方，发现了一只小个子鼹鼠。

那虽然是一只鼹鼠，却完全一副小王子的经典形象。他头戴一顶插着华丽羽毛的宽檐礼帽，身披一件镶着金色衬边的黑色披风，俊俏的下巴总在高高地挑起，眉宇间透着一股说不出的刚毅，呼吸像婴儿般均匀，说出的每一句话都轻松而柔和，却又能清晰地送进每个人的耳朵里，让人如沐春风。一把雕满图腾的短柄金剑斜跨腰间。鲜衣怒马。

当然，那匹"怒马"，只是一条耗子大小的蜥蜴。

# 7

大漠里的日落，竟然少有的安详和静谧，风也柔顺。

气氛正渐渐变得庄重。

这只鼹鼠果然是个王子。鼹鼠王子在一片彤彤的云曦下森然而立，显得气贯长虹。德克几个也一字排开，威仪得很——即使金虎对鼠族早已恨之入骨，但看得出来眼下的局势完全不适合打架。

谁都不忍心去欺负一个举止优雅、言谈得体的小王子。

这小子又实在比倒车雷达还客气。鼹鼠不但表明了身份，而且进一步解释，说自己的鼹鼠王国与金虎见到的鼠王国虽只一字相差，却有着天壤之别。

"那都是一些坏老鼠……"说到这儿，小王子已然气得浓眉倒竖，"他们往泉水里倒蛇毒，坑害与他们一言不合的行人。我们的鼹鼠王国却不做那些伤天害理的事，我们会尽量去救活那些中毒的行人，前几日还救活过几只大狗呢……"

金虎听到此处，哪还顾得礼仪，直上前扳住鼹鼠的小肩膀，用力摇着："什么狗？男的女的？她们叫什么名字……"

鼹鼠赶紧一手按住自己的帽子，直着嗓子嚷："去去便知！去去便知！"

大家终于有幸欣赏到了鼹鼠的原声态。

天色已渐渐变暗。鼹鼠王子的"惨叫"喊了没几声，四周竟传来了一片极其细微的"簌簌"声！金虎何等警觉，立马双目圆睁，尖耳高竖，鼻翼急速地一张一弛，配合着左右扭转的灵巧脑袋，四处搜寻动静出处。

再过片刻，周围的沙地上，竟钻满了一圈油黑发亮的小脑袋。

"啊！全是鼹鼠耶，好可爱啊！"大篷和光明，不由齐声惊叫起来。

德克却一言不发地注视着这群不速之客。

狼狗最不乐观，一把推开小王子，张牙舞爪，摆足了进攻的姿势。

鼹鼠王子却不计较，只是理了理披风上的褶皱，语气也恢复到先前的彬彬有礼："尊贵的客人们，大可不必惊慌，他们都是鼹鼠王国的臣民，而且已备足饮食，特来邀请各位，前往敝国一叙。"

咦？王爷爷的地图中，没有提及附近还有个鼹鼠王国啊。

渐渐放下戒心的金虎，正想详细打探一下鼹鼠王子口中"敝国"的具体位置呢，没承想被身后的大篷抢了先机："好耶，好耶，鼹鼠王国，听名字就浪漫得要命，小王子，我们很高兴去你家拜访，我们这就走吧，村长，你们还愣着干啥，人家都等急了。"

德克知道，其实是这只饥渴的肥猪等急了。

但想想如此荒蛮之地，交个身份显赫的朋友顺便去蹭顿吃喝，总不是什么坏事。这才抖了抖身上的流沙，一把拉住正要窜出去的大篷，客气地道了声："那有劳小王子前面带路。"

小王子闻听，自然喜上眉梢。一扬手，身后众鼹鼠竟自沙堆中迅速拖出了四只硕大的圆桶。德克几个正面面相觑，小王子进前一步，说道："我们鼹鼠王国，其实是沙漠中的一座地下城堡，非我族民，若不躲进桶车，是无法到达的，所以，还要委屈四位……"

小王子话音未落，大篷几乎与心急火燎的金虎同时各抢占了一只。

猪大篷还不忘在桶里嗡嗡地怂恿："村长，进去吧，很宽敞的，我在里面活动还有余呢。"

其实德克凭直觉判断，这群鼹鼠应该是忠厚之辈，那些善良的眼神总是骗不了人的。德克又推敲片刻，才招呼公鸡也钻进了空桶。

桶盖关闭，便漆黑一团，大家只感觉桶车在一声声缓慢的节奏中，一寸一寸地挪动。想必如此庞大的体积，任那群小小的鼹鼠挖掘能力再强，也是极其吃力的。

德克一行在兴奋、好奇和死猪不怕开水烫的复杂心情下，焦躁地度过了大半个时辰的漫长旅途，才听到桶外一声欢呼："客人们，到家了！"

随着桶盖被迅速打开，四位也徐徐睁开了眼睛。

尤其是猪大篷，可是憧憬了一路的雕梁画栋、金碧辉煌啊，说不定高高的城门前，还有绵延的红地毯呢，童话中不都是这样的吗——果然，大家的眼睛自睁开那一刻起，便很长时间都没再眨一下。

他们是真舍不得眨啊。

## 8

一行人瞪圆了眼睛，惊呆了半天。

他们怀疑自己是不是正置身于另一场噩梦中。他们从没见过如此阴暗、潮湿、狭窄、臭气熏天、污秽横流、哀声四伏的"王国"。

这说白了就是一处不折不扣的贫民窟啊！

除了"客厅"稍微大点，勉强能让德克垂着脑袋半趴半坐，其他一排迷你小窑洞里，无不塞满了体形瘦弱的鼹鼠居民，他们可大都没有小王子的气质，礼帽披风就不必提了，个个毛发稀疏，皮包骨头，全是些老弱病残，一副生活难以自理的样子。

公鸡光明用力吞了口唾沫，呢哝了声："这就是……鼹鼠王国？"

猪大篷估计也从童话城堡中爬了出来，紧紧攥着同伴的翅子，随声附和："好有个性的……鼹鼠王国啊。"

再呆上片刻，德克便回头找到小王子，愣愣地盯住对方。

鼹鼠王子显然已见怪不怪，笑意不减，一指旁边的通道，示意，客人起居，另有安排。

结果走廊更窄，尤其是德克，几近于匍匐前行了。大家又坚持了一炷香的工夫，再穿过一扇厚重的石门，才算彻底解脱——石门过后，却是另一番景象。

首先面积开阔。

这才称得上像模像样的客厅，大厅四周的墙角处，各自矗立着一根大腿粗的石头圆柱，柱子上方，支撑着一块十几米见方的花岗巨岩，岩石上甚至还缀满了反射能力极强的荧光颗粒，整个地下客厅才得以光线充盈。

场面也算热闹。

这地儿可谓人声鼎沸，而且放眼望去，除了寥寥几只鼹鼠，其他大都是相熟的沙漠族群，不但有刺猬、秃鹰，还有一只兔子和一只龙猫——德克的目光只扫到这儿，便顿时心生大喜！

那兔子正是德克的老朋友兔王小白，龙猫也正是白鹅大师的徒弟，猫十三！

德克惊魂未定，身后的大篷和光明早早冲上前去，与龙猫搂在一起，又叫又跳。德克这才记起，三位可是当年名震龙城的"鸡猪龙"组合呢，如今相见，自然分外亲切。

说话间，兔子王也已几个蹦跳迎到了德克面前。

鼹鼠王子正要相互作个介绍，却见白兔身形一窜，早与德克双掌紧握，扬着唇角高呼："日间听小王子探听到有贵客要到，我就预感到其中一定有我格林村的兄弟……"

待几位老友叙旧一番，鼹鼠王子才招呼大家在餐桌前依次坐定。

## 9

德克介绍自己的成员时，发现少了金虎。心想这小子必然挨个洞口寻他的虎妞去了。便没再去执意担心。

鼹鼠王子把秃鹰夫妇大俊小俊、刺猬卜先生引见给对方。然后优雅地示意大家，就餐时不必客气。说完，便端起了摆在自己面前的一只玲珑的小茶杯。桌上众人也纷纷依示而行，呡了一小口各自杯子里浑浊的液体，艰难地咽了下去。

只是其中猪大篷因吞咽过急，剧烈地咳嗽起来。

小王子不好意思地解释，目前水源紧张，这掺了泥沙的浊水，大家也只有在重大场合，才得以享用……肥猪正忙着清理食

道中的矿物质，鼹鼠提到的苦衷自然体会不了多深，边咳边嚷着问洗手间在哪儿。

兔子王生性刻薄，故意把嘴里的泥沙嚼得吱吱作响，顺便挖苦道："猪哥哥，为了给您凑齐这顿丰盛的接风宴，我们可是三天三夜没沾到一滴水气啊——大家都渴成这样了，您还到处打听厕所……炫富呐？"

事实证明，一旦伙食受到影响，猪也是有脾气的。

加上大篷先前对鼹鼠王国的无限遐想，悉数转化成了一肚子的绝望。只见肥猪一个箭步，跃到兔子面前，连声责骂："你个大暴牙说谁呢！我找厕所怎么了，老子没你那随地大小便的素质！谁让你省吃俭用为我老猪接风了，我们这是打算去鼠王国灌满泉水出使外邦的，谁有工夫陪你们在这脏不拉唧的耗子洞里附庸风雅啊……"

大篷的音调越来越高，尤其说到"鼠王国"和"泉水"几个字眼时，更是加重了语气，恨不得把现场几位饿殍的口水给引流干净。

德克知道，若再不加阻止，口无遮拦的肥猪势必会一网打尽——当听到"附庸风雅"时，优雅的小王子就被一口吞咽不及的泥水呛了个半死。

德克一手安抚住兔子，另一只手把猪大篷拖回原位，就着喉头那点湿气问鼹鼠："小王子将我们带至贵府，定然不是为了喝这半盏泥汤吧？阁下有什么话，不妨直说，不瞒大家，我们还有要务在身，的确不便久留。"

就是，既然在哪儿都是缺吃少喝，倒不如返回地面，还能数个星星。

众人闻声，便不再言语，鼹鼠王子也反复嗫嚅着，欲言又止，显出一副极难为情的样子。德克见状，知道其中必有蹊跷，但终归猜不出缘由，便不急于反目，只把语气变硬了几分："王子阁下，若不便明说，只有日后再叙了，我们的行程，可是一点都耽误不得，还请王子阁下安排人手，马上将我们送回地面吧！"

小鼹鼠双手抵着鼻翼，犹豫稍许，终于一口回绝："诸位暂时是回不去了！"

余怒未消的猪大篷也感觉到事情不妙，哪还顾及什么鼹鼠的可爱形象，抬手一指对方脑门："小耗子，这大厅里，你请的所有帮手中，能让格林村瞧得上眼的，还真没几个，就兔子那瘦样的，本大爷能一蹄子拍死俩，你信不？"

兔子王却不愠不火，只小声回了句："胖子，你要搞明白，若鼹鼠心存不轨，我们都是受害者。再说，若论在沙子里打斗，谁能斗得过鼹鼠？人家分分钟就能把你活埋了……"

大篷闻听，顿时脸色煞白，颤抖不止。

德克赶紧上前，将众人护在身后，扭头找到鼹鼠王子，紧声逼问："阁下是要要硬斗狠吗？倒是给个痛快话！"

鼹鼠矜持不减，上前柔声解释道："诸位，我鼹鼠一族把你们接到这儿来，确是出于好心。你们若留在野外，毕竟会有想象不到的危险，流沙、毒蛇、带疫菌的蚊虫，再加上严重缺水……

不过，你们到了这儿，也确是不能原路返回了。进来时，沙道一路下坡，我的族民尚勉强可为，若原路返回，则是一路上坡，他们是万万没那体力的。"

躲在德克身后的肥猪，好歹止了哆嗦，探出的半边猪脸上，却满是哭丧："这么说，我们就只能在这儿等死了？"

"不会的！"大篷"死"字未落，小鼹鼠已及时喝断，"不会的，我们绝不会死的！当年，那群丧尽天良的灰老鼠，灭我族群，占我家园，我们都坚强地活了过来，这点小小的困境，怎能让我们就此湮灭呢！"

看到小王子扭曲的五官略显狰狞，一双怒目中泪光闪烁，德克知道，这只落难王子定是遭了不小的家族变故，然而自己一时也拿捏不准，是该继续刨根问底，还是先好言规劝让对方节哀顺变……倒是旁边那只闷头闷脑的刺猬久居此地，就着小半杯泥浆，将事件的来龙去脉说了个透彻。

## 10

原来，鼹鼠王国才是地面那眼清泉最初的主人。

当年的鼹鼠王国，完全对得起自己的名头，面积虽小，但与王国有关的高贵元素，一应俱全。什么城堡、卫队、乐团、国王、王后、王子、公主，还有猪大篷向往的红地毯，噢，再加上喷泉，想想都让人心动。

然而，好景不长。

这一切的美满，最终却葬送在了一群灰老鼠手中。

# 五、王子的心愿

## 1

我有罪!

一只体型硕大的灰毛老鼠,虔诚地跪在一尊斑驳的神像下,喃喃地祷告。

万能的神啊,我有罪。

我昧着良心残害了自己的义父,还霸占了他的家业,我恩将仇报,我不是人呐!

当年,我刚刚学业有成,便怀揣着拯救天下苍生的伟大梦想,伙同一帮子热血小青年,带着一家老小踏入这片沙漠,我们是真想用毕生所学,把这不毛之地开发成一片片绿树成荫的绿洲……几年过后,我才知道这根本就是妄想。

这儿不但没有书本上宣扬得那么浪漫,甚至连基本的生活保障都成问题,当年我们努力栽下的小树苗,早成了一根根干柴,我们大清早在仙人掌上收集的露水,只能勉强让我们不渴死,为了充饥，我们甚至要故意在水里掺点泥沙。

即便如此，灾难还是接踵而至，先是我的妻子被毒蛇活吞了，后来我的孩子因误食仙人掌中毒死了，我万念俱灰，想一了百了。就在我绝望地走出生活区后，却意外地遇到了鼹鼠王国，国王热情地收留了我。

我在鼹鼠王国终于实现了自己的人生价值，我陆续把当年与自己志同道合的亲友们一一召来，大伙每日每夜地为王国挖沟建渠、开拓疆域，结果不到一年的时间，鼹鼠王国面积就增加了四倍，泉水供应量也大幅提升，过往游客无不欣喜若狂，王国在本区域的影响力如日中天，当年那个被人戏称为"耗子窝"的小窝棚，赫然以"鼹鼠王国"的身份，明显标注在了沙漠部落的大小行政地图中，王国俨然已经成为这片死亡之海的生命驿站。

我是真心怀念那时的繁荣景象啊！

但接下来却……虽然我因为建国有功，被国王公示为义子，但是整个老鼠群体在鼹鼠王国中的地位，却一直是最低下的。王国中所有最脏最累的活，都少不了老鼠的份。而且，老鼠们吃垃圾、喝泥水、住地下室，仿佛这一切都是上天注定！

鼹鼠居民们早习以为常了。

一开始，老鼠们也习以为常，而且做这一切的同时还怀揣感动，甚至国王邀请我们在王宫旁边建一处能享受阳光的住所时，我们都发自肺腑地婉言谢绝了。我发誓，当时为了报恩，我们只想挤奶，吃啥都无所谓。

最初的冲突，是因为孩子。

老鼠的孩子们，提出了一个小小的要求，他们一致申请想与鼹鼠孩子们一起上学。鼹鼠王室为此召开了一次隆重的会议，我还有幸列席参加。结果，现场的贵族们一致表决，老鼠孩子学习无用，理由是，老鼠在王国中是世代干体力活的，搬石头挖沙子是不需要《三字经》或解一元一次方程的。

　　再过几年，冲突越发激烈，这次却与学习无关，那群长大的老鼠二代早对学习提不起兴趣，他们开始集结在一起，蠢蠢欲动。他们先是分不清礼义廉耻，他们叛逆，对家长们千叮万嘱的感恩、反省、规矩等教条，置若罔闻。然后他们为非作歹，他们抢劫、盗窃、走私泉水，无恶不作。

　　鼹鼠们终于大怒，对犯罪分子施以酷刑，加以严惩。但因为打击面过广，最终发展成了鼹鼠与老鼠的种族矛盾。我的神啊，我虽为老鼠族群的首领，但我已老矣，接下去发生的战争，我是真的无力阻止啊。

　　鼹鼠兵败后，我甚至都救不了我的鼹王义父啊，鼠兵们为了打击我们这样的温和派，还粗暴地抓住我的手，逼我亲手杀死了鼹鼠国王啊！

　　万能的神啊，我有罪，我教子无方啊！当年，是我一再向国王保证我们只住在地下，绝不会染指王国建筑，鼹鼠们放松了警惕，那群小子才得以偷袭成功啊！

　　万能的神啊，我有罪啊！

　　请饶恕我这一切的罪过吧……

## 2

老耗子再叩了几个响头，这才走出密室，门口的小侍从赶紧把备好的凉毛巾递上："陛下，您这次祷告时间够长的。"

老国王一声干笑："每次祷告祷告，便没有那么深的负罪感，心情才舒畅啊。"说着，却忽然神情一冷，"小油子，以后，寡人说到自己不是人时，你再敢给我笑出声来，舌头就别要了！"

被唤作油子的小奴才，久居王宫，自然知道伴君之道，见主子突然声色俱厉，赶紧嬉皮笑脸地转了话题："陛下，先前那条被毒死的狗，可失踪有几天了！"

老耗子果然急切地追问："那狗皮洼路过的使差，还没找到？有没有扩大搜索范围？那狗皮洼毕竟由人类掌控，可别在咱这地儿出什么娄子，人类不好惹呐！出门前，我就早该把那个不长眼的卫队长贬去刷马桶！这是要坏我大事啊……再传令下去，所有鼠王子马上到王宫开会！"

小油子应声退下，先是到王子们的各住处下了会议通知，最后来到城门口，费了半天周折才在一个不起眼的厕所处，找到了垂头丧气的卫队长。

队长名叫小瓶子，与小油子是从小到大有着过命交情的伙伴，记得当初瓶子正式考入王室做上卫队长时，那叫一个豪气冲天，瓶子家长还逢人炫耀，咱家后生在王宫呢，国王的吃喝拉撒、护卫安全，样样都离不开他呢。

结果，现在眼瞅着就只能突出"拉撒"两样了。

卫队长正双手平端着一只比汤碗还干净的马桶，闭目凝神，锻炼臂力。冷不防给小伙伴的背后轻轻一脚："耶？瓶子，你这是要给谁敬酒吗？"

卫队长听出是自己的发小，身子前后晃了晃，眼都没睁："油子总管，不待国王身边狐假虎威，跑这污秽之地来干什么啊，噢，见老友落魄了，是想落井下石还是往伤口上撒盐啊，赶紧的，哥们都等半天了，撒完了滚蛋！"

小油子闻听，口中嬉笑着，脚上加劲，直接把对方和着马桶踩进了沙堆里。

小瓶子自马桶中拔出嘴巴，没好气地双手叉腰："小油子，你到底想干啥？国王处置我时，你不说句好话也就罢了，现在还来幸灾乐祸，你到底认不认我这个兄弟了！"

小油子上前一把搂住对方脖子，嘴巴也凑到了对方耳边："不瞒你说，哥这次还真是来救你脱离苦海的。"两只小老鼠开始相拥而坐，小油子继续压低声音，感染得伙伴越发心慌，"瓶子，说真心话，你喜欢现在的生活吗？

"刷马桶？鬼才喜欢！"

"刷马桶之前呢，鼠王国的这种恃强凌弱的社会生活秩序，你喜欢吗？"

卫队长突然意识到，对方要表达的反动论调，绝对与刷马桶扯不上半点关系，这是标准的大逆不道啊！心中一凛，忍不住嘴上一急："油子，你到底想说啥？"

　　小油子缓缓起身，双手倒背，仰头凝望着地平线上即将燃尽的烈日，心平气和地道出了一番惊天秘密。

　　"瓶子，你一直站在强者的立场上，自然对这个残暴漠然的社会，体会不深，你知道每天有多少沙漠动物，因为鼠兵独霸着唯一的清泉，饥渴难耐而陈尸荒野吗？你知道地下有多少弱小动物，因为惧怕凶悍的鼠兵追捕，而生活得暗无天日吗？你知道有多少无辜过客，因为饮了被国王掺了适量蛇毒的泉水，失去了反抗能力，而被鼠族猎兵半路追杀，以供他们蚕食享用吗……"

　　此时的王国卫队长，俨然已身陷冰窟，寒战不止："住口！小油子，你这是要造反吗？国王陛下对你我不薄，我们及家人的衣食无忧，无不拜他老人家所赐，我遭受的这点惩罚，也只是自己办事不力，咎由自取，怪不得别人的。油子，你不需要为了我而愤愤不平，这等言论和想法，以后断不可再有了。"

　　小油子身形不变，只是语气更加坚定："我们个人的荣辱，算得了什么，好男儿志在四方，大丈夫如果不能心系社稷，为民造福，何异于一介蝼蚁！我坚信我们少儿时期的生活，会更令沙漠居民们向往，这个王国如果重新被鼹鼠管理，定然会焕然一新，这对大家都是一种幸福，包括老鼠，我一直盼着那一天呢！"

　　小瓶子几近声嘶力竭，他感觉自己从小熟悉的小油子，突然变得固执而陌生了。

　　"我要逮捕你！"过气卫队长一本正经地恐吓道，但突然意识到自己目前尴尬的身份，立马语无伦次地改口，"我要举报

你，揭发你，一定要揭发你，一定要检举……"

小瓶子不齿地望着对方，眼中飘过一丝轻蔑："你选一个问心无愧的词说一遍就行了，在举报我之前，我建议你还是好好回忆一下我们儿时，在鼹鼠的治理下，王国是种什么样的祥和，然后，瞧瞧现在……"

说完，小油子便要转身离去，卫队长在身后拖着哭腔作最后的努力："兄弟，我们从小就推崇忠信礼义，我们不能忘恩负义啊，我们要像狗一样，忠于自己的国王啊！"

小油子稳住身形，轻叹一声："瓶子，我们做狗，也要做一条正义、仁义、忠义的好狗，而非道德沦丧、恶贯满盈、助纣为虐的疯狗！"

小瓶子想再反驳什么，却突然听到轰的一声巨响！

等小瓶子急忙抬头眺望了个明白时，竟吓得魂飞魄散。先前高高矗立在王国中心的王室宫殿，已转眼没了踪影！

再看那小油子，正狂笑成了一只风中的螺号！

## 3

德克几个被请到"鼹鼠王国"，至少已超过了两天两夜。

那两只秃鹰可能与猫头鹰有什么血缘关系，无所事事时喜欢闭目养神，还总是睁一只眼闭一只眼，而且每隔八个时辰，就准时地倒换一次眼皮。猪大篷聚精会神地数着，刚倒换完第六次。

德克却没那闲心，期间除去极短的睡眠时间，他都在与大家一起商讨针对鼠王国的反攻策略——这窝耗子太可恨了！

其实，单纯听对方说到老鼠首领对义父的恩将仇报，德克也没觉出多大震憾，只是口头谴责了一番。这世上但凡有狼的地方，唯独不缺东郭先生，鼹鼠国王自己不长记性，引狼入室，丢了宝座，怨不得别人。

但等刺猬说到，篡了王位的鼠王，不但用掺了蛇毒的泉水迫害过客，还喂养了大量毒蛇，埋伏在喷泉四周，一旦王国受到强敌攻击，便将泉水全部污染掉——这只疾恶如仇的骨冠龙，哪容得下如此邪魔鬼魅为祸沙漠。

城堡里的毒蛇阵诡异莫测，地面进攻自然不可取。

等听说鼹族身处的地下会客厅，正上方恰是鼠王国的王宫所在，德克眼中，忽然闪过一丝狡黠："诸位，地面攻不得，咱何不从地下下手，这天花板既然是王宫的地基，而且全靠这四条立柱支撑，大家只要挖好藏身的隧道，同时将这四条立柱拉倒，王宫必然会整体下陷，到时，大家一拥而上，擒了那鼠王，再逼他下令，集体撤出鼠王国，如何？"

众人齐呼，好计谋！立马就要挖洞结绳，组织实施。却突然从天花板上方用于通风的通道深处，传下来一声提醒："计是好计，只是时机不妥！"

声音明显来自地面王宫！

德克大惊，焦急地望向鼹鼠王子。对方却神色不变，还恭恭敬敬地仰起脑袋，抱拳一拱："感谢义士连日来的几番帮助，请问义士，此计何时可为？"

回音极轻，却字字珠玑："平常埋伏在鼠王国里的毒蛇，都

是处于休眠状态的，国王和他的四个儿子，都掌握着唤醒毒蛇的口令，如果你们只擒住国王，他那几个天天想着篡位的儿子，是不会任由你们摆布的，他们一定会号令蛇群，与你们同归于尽。此计若想奏效，必须等到国王与儿子们聚会时，一网打尽，而且还要迅速封住他们喉舌，绝不能让他们发出半点声响，那群僵死的毒蛇才是安全的，泉水也不会受到污染。"

小王子连忙道谢，声称大家一定会安心等候义士的信号。

德克也揣着几分好奇，上前问道："我们还有一事不明，劳烦指教——那毒蛇即便悉数解决，但国王屯养的近百只鼠兵，战斗力也不可小觑，届时场面失控，他们若一哄而上，毒箭齐发，我们该如何抵御？"

对方沉吟片刻，轻叹了一声："我与鼠兵卫队长，尚有些交情，我会尽力劝他弃暗投明，他若当年的善良本性不移，必会明辨是非，与我等站在一起……"

德克道声："有劳！"

小王子心怀感激，再次屈身躬谢："义士多次提供的线索，重于千钧，不胜感激。义士身处险境，却助我等除暴安良，成就善业，此恩浩荡在下必铭记于心，还望义士能赐告名号，以便他日拜谢。"

这次，对方沉默了半天，才缓缓开口："也好，为防诸位进攻时有所误伤，只要听到有叫小油子或小瓶子的老鼠，自是朋友了。"

是只老鼠！

现场诸位无不瞠目结舌。可见老鼠在大家心目中的名声，早已狼藉不堪，没人能接受一只老鼠竟然能与正义沾边。

然而，头顶的英雄是只老鼠的身份，毕竟是件不争的事实。

# 4

鼹鼠王子带领族民，用了大半天的时间，才把众人的隐身通道挖好。

德克先用麻绳把四条柱子拴牢，又针对王宫塌陷后可能面对的敌情，对大家进行了分工：会议室里的鼠族首脑们，由小王子亲自带队对付，因为他们有能力在鼠王们醒悟前，第一时间拨开沙子，到达现场；休眠的毒蛇，由秃鹰夫妇负责从泉水周边的沙地里，一条条地叼到城堡外；试图闯进王宫的鼠兵，由猪大篷、公鸡光明、猫十三、兔子王分别把守在王宫的四个入口处，逐一狙击；刺猬卜大叔因精通医术，遇有被毒蛇意外所伤的友军，则可立刻以毒攻毒，利用蝎子和蜈蚣的毒液，配制解药。

德克这才突然想到，狼狗金虎一直没有现身。自己本也有心帮忙打探一下那条虎妞的下落，但碍于鼹鼠王子大战前的内心焦虑，实在不便再添枝节，只好暂且放下。

一切安排妥当，众人便各自蜷缩在隧洞里，想着心事。

龙猫正要眯个小觉，却被串门的德克一把推醒。

德克神秘兮兮地扫了扫四周，小声问道："兄弟，你久居白鹅大师身边，消息灵通，可曾听他提起过……狼屯？"

猫十三不耐烦地打个呵欠，翻身把勉强翻起的眼皮又重重地

合上："什么狼吞……虎咽的，哪村的？动物还是植物？"

"狼屯是个村子，你看……"德克说着，自披风内把金虎留下的地图取出，轻轻展开，就着微弱的荧光，指点着狼屯传说中的大体位置，"起来看看嘛，到底熟不熟？"

龙猫不堪其扰，只好坐直了身子，努力睁大眼睛，满地图上比量："狼屯？没听大师提过，不过看方位和距离，那地方多年前，倒是有个叫沙漠之家的生活点，其实就是几间石屋，一口水井，供路人们歇脚避暑的地方……当时倒是人来人往，热闹非凡。"

"你去过吗？离这儿有多长时间的路程？"

龙猫十三见德克满脸的喜悦，一时兴起，随口应了句："大约一个月的脚程吧，等灭完了耗子，老猫陪你走一趟就是。"

德克刚刚大喜过望，就想到了白鹅大师的死讯。

德克正纠结着，要不要告诉对方恩师的噩耗，却忽然发现通风口一亮，随之听到一声急促的号令："大家注意，机会来了，赶紧准备，鼠王正召集儿子们来王宫开会，一炷香过后，大家即可动手，机不可失啊！"

众人闻听，纷纷打起精神，各司其职。

德克更是一边将手中的麻绳拉紧，一边提醒小王子："找香啊，记得把香点上计时啊！坏了，不会没有香吧？"

鼹鼠正徒劳地四处倒腾，兔子王却高声劝道："别费那事了，没有香，沙子可有的是。"说着，便脱下一只露着大半截脚的破袜子，装满细沙，顺手一提。"兄弟发明的这白氏沙漏，那可是准得很呐，沙子漏完，正好一炷香的工夫，我们组织龟兔赛跑时，全用这东西计时呢！"

大家知道，这只沙漠里长大的兔子，毕生是见不到什么乌龟的，赛跑和计时器一说便无须考证，纯属吹牛。当然，这群敢死队员真正需要的，只是心理上的一种慰藉，至于一炷香两炷香三炷香，并不重要。

多少炷香，都改变不了接下来生死攸关的处境。

大家于是任由兔子数完最后一个数字，大喊一声"拉"时，便奋力一拉！

轰隆隆……雄伟的鼠国王宫，应声坍塌！

## 5

当鼹鼠王子的刺尖抵到会场成员的喉头上时，老鼠国王一大家子还以为新年提前了呢，最小的儿子甚至一边摸着眼睛里的沙尘，一边嚷着："刺激！谁放的礼炮，太刺激了……"可惜，话音未落，所有的尖嘴巴便给人用麻绳缠成了毛线团。

胜券在握的鼹鼠王子并不着急，他优雅地等着自己队伍中最后一只鼹鼠钻进王宫，再朝准备就绪的战友们逐个点头致谢，这才就近找把椅子坐下，耐心等待着鼠王从惊慌失措中回过神来。

此时，鼠王四个娇生惯养的儿子，正因为口鼻通气不畅，大脑缺氧，相继昏迷过去，老当益壮的鼠王，心肺功能毕竟强大许多，急促的呼吸中，脸色微微变白。只是惶恐过后，还是满眼充斥着绝望。

小王子双目含泪，缓缓上前，凑上鼠王的耳际，深情地问道："义兄，近来可好？你的小王子弟弟回来了，你也该回趟老家了吧？见到父王和母后两位老人家，一定要好好问候啊！还有我那些个被你害死的兄弟姐妹，父老乡亲，一定要好好问候啊！还有那些被你迫害的行人过客，一定要好好问候啊！"

小王子每说一遍"好好问候"，老耗子的呼吸便会更加急促一些，脸色也更苍白一点，说到最后，随着小王子起伏的音调，那老鼠国王已然被活活吓得抽搐不止。

德克体谅鼹鼠报仇心切，但自己因受白鹅大师"日行三善"的教化太深，这等血腥场面实在不想面对，正打算出门透透气……竟忽然发现小王子双手抱头，就地翻滚起来，叫声惨烈至极！

众人迅速上前，想探个究竟，却听刺猬厉声喝道："大家往后，小心毒蛇！"然后自怀中取出几只大漠黄蝎，赶紧上前解围。不一会儿，蝎子们果然合力夹着一条蚯蚓大小的蜿蜒毒物，抬出屋外，剪至寸断。

刺猬一边往鼹鼠嘴里灌着解药，一边告诫对方不应该急着与鼠王接触的，沙子里的僵蛇需要口令唤醒，但鼠王随身饲养的这条剧毒宠物，估计是沾到主子的气息讯号，便会疯狂攻击，而且这家伙虽然体型细小，毒性却是极大，用虫毒配制的解药，未必有效呢。

小王子残留在嘴里的药汁，果然越来越多，任大家再焦急地揉胸搓背，呼天喊地，依然阻止不了他的呼吸渐渐变弱，眼球上血丝纵横。

小王子明知自己大限已至，却释然一笑："大家别忙活了，还有好多活儿要干呢，我活着的唯一心愿，就是光复王国，兄弟只有一事相求，王国复兴后，劳烦大家，把城楼上鼠王国前面的'䶂'字，给重新凿上，但是，从此，䶂鼠王国便是所有沙漠居民的乐园，不分物种，不分贵贱，大家吃住一体，平等相待，不要再有王室和平民之别了，大家一定要和平相处。那老鼠国王和他的王子们，也放他们条生路吧，冤冤相报，何时了……"

后事交代完毕，小王子心愿了却，双手一垂，含笑而去。

䶂鼠们早已哭成一片，德克几位血性汉子也个个唏嘘了良久。

## 6

场面就再没出现多大的凶险。

昏睡的鼠王父子被抬回了地下老家，那群僵蛇早被秃鹰悉数拔除，耗子卫兵也没有德克想象中的忠心耿耿——眼见国王毙命，强敌丛生，大家无不纷纷就地反水，声讨旧主外带相互揭发。其中有几个手脚麻利的，甚至还联手把顽固不化的卫队长给制服了，捆得跟粽子一般，押解到了广场上。

吃饱喝足的德克，正倘徉在广场东首的主席台上，身边依次散落着猪、鸡、秃鹰、龙猫、兔子、刺猬等诸多功臣，台下，则挤满了刚刚从地下室搬上来的病弱䶂鼠，在其中穿梭的，尽是精心照料他们的投诚鼠辈。

身体僵直的瓶子队长，轻蔑地扫了一眼台上的乱臣贼子，面对殷勤的旧部，却豪气大增："枉我平常对你们的教化，关键时刻，却个个背信弃义，圣人说道，食君之禄，为君分忧，俗话还说吃人嘴短呢，瞧瞧现在，一有个风吹草动，你们就逃得跟兔子似的，不觉得丢人现眼吗？"

一群押解的老鼠只是吱吱作笑——看看我们的长嘴巴，哪儿像吃过人家的？

倒是短嘴的兔子听到这儿，彻底急了眼！

兔子王一把将手中的萝卜头丢了过去，嘴里叫着："好你个不知死活的阶下囚，有本事别让下属逮到啊，败落了就别再嘴硬了，三十年河东，三十年河西，谁的脖子也不是一生下来就让人骑着拉屎的，你小子，从今天起，脖子算是干净到头了。"

瓶子一介武夫，头脑愚钝，还在辩解自己一时失手是因端马桶过久的缘故，若一对一地公平对阵，整个鼠族，鲜有对手呢！

身边忙着将功补过的鼠兵们，却等不及下台领导啰唆完毕，将寻来的马桶往对方头上一罩，上前便是一顿拳打脚踢，有个别更加阴险的，甚至手握蒺刺，奸笑着围上前去……这只大义凛然的倔强耗子，眼瞅着就要死于非命了。

却就从熙熙攘攘的观众中，及时传出一声冷叱："大家住手，退后！"

声音不大，只是带着一种极其特殊的穿透力——德克的听觉何等敏锐，瞬间辨出，来者不是别人，正是给鼹鼠通风报信的恩人义士！转念间，小油子已来至台前，未及开口，台子上的功臣都在德克的招呼下，迎了下来。

"你是小油子，还是小瓶子啊？"公鸡热心，率先热烈地握上了老鼠爪子，"这次成功，多亏了您的帮助，您是我们的大恩人呐，恩人，您具体怎么称呼？"

小油子温存地望了一眼随之涌来的同盟成员，逐一还礼："在下小油子，诸位英雄不计个人生死，救民众于水火之中，你们才是大忠大义之人，恩人一说，日后切不可再提了，大家不嫌，小油子愿与诸位兄弟相称。咦？怎么没见到鼹族小王子殿下？"

众人闻听，不由低垂了脑袋，鼹鼠群中也再次响起了一片哭声。

小油子见状，已猜到了大概，不禁双目含泪，长跪不起，口中哀道："王子殿下，小油子因慕你宅心仁厚、胸怀天下苍生安危，才甘愿冒着生命危险，与你共谋义事，如今，大事已成，你我却阴阳相隔，不得相见，老天不公啊！"

说着，额头便就着台阶，磕得"噔噔"作响！

众人赶紧上前抚慰，半天过后，德克才转了话题："油子兄弟，上次您提到的小瓶子，又是哪位义士，何不一同引见？"

伤悲的小老鼠渐渐停了啜泣，一指台下正被操练得鼻青脸肿的卫队长："就是他，他是在下的莫逆之交，也是整个鼠军的统领，功夫了得，这次若不是他被隔离军营，大家也不会如此轻易得手。可惜我这兄弟头脑愚笨，且生性刚烈……小油子有个不情之请，待兄弟我进一步陈明利弊，定会让他回心转意。诸位英

雄，就暂且留下他的性命吧！"

瓶子队长却显然不领对方的情，张着两片肿胀的嘴唇，一味地叫嚣："小油子，你个内奸，老子不用你求情，死有何惧！就别在这儿猫哭耗子了……"

动物界里，爱打比喻可不是个好习惯——这次，龙猫恼了！

只见龙猫十三朝猪大篷使个眼色，双双踱到勇士面前……肥猪手里还托着两瓶绿莹莹的不明液体，嘴上阴笑着："瓶子队长，看在你兄弟的份上，我们自然不会害你性命，但瞅你这浮肿的头颅，都可以代替我割下来求雨了。这样吧，我们哥俩给你整整容如何？"

说着，二位便把手中的液体，尽数涂在了对方脸上！

小瓶子竟一时间疼得嗷嗷直叫，小油子心中担忧，正要上前解救，却被德克一把拦住，小声解释道："兄弟莫急，方才他俩给小瓶子涂的，正是刺猬大夫配制的可以消淤化肿的良药，只是药性猛烈，需暂时受点疼痛，很快便会痊愈的，兄弟大可放心。"

油子闻言，再次恭谢不止。

片刻过后，台下的卫队长果然摸着渐渐光滑的脸庞，停了嚎叫。

大家正自舒缓了心情，却忽然从城门处传来一声通报。远远望去，原是一条衣衫褴褛的狼狗，跟跟跄跄地赶了过来。再进几步，德克已清晰地认出正是金虎，而且隐隐听清对方口中所嚷的"救人"二字，不由心中惊骇，疾步迎上。

可惜行至跟前，金虎却一头栽倒在了德克脚下，不省人事！

# 六、沉睡的沙漠

## 1

昏倒的金虎，只是心力交瘁，并无大碍，喝了几口泉水，然后在刺猬大夫的针灸下，已悠悠地苏醒了过来。

那日，金虎与大家钻到地下，寻友心切，竟在错综复杂的地道中迷了方向。

也不知在黑暗中滚打摸爬了多远，金虎却在距离王国十多里的地下牢笼里，意外地发现了大批被老鼠囚禁的沙漠居民。他们全部被灌了适量的蛇毒，个个昏迷不醒。

定是老鼠们怕集体杀死，作为食物不利储存，这才将他们毒晕，囚于地下，定期取食。金虎虽并未在其中发现虎妞，但心系诸多无辜性命，愣是凭着狗的灵敏天性，返回了鼠王国，只是多日滴水未进，这才体力不支。

德克赶紧组织众人，依照金虎所示，带上水囊和解药，前去营救。

傍晚时分，大家陆续返回，总有二百之众。

卜大夫正在分头查验受害者们的身体状况，他们的健康大都不容乐观，有一半以上的居民需要长期疗养，剩下的便基本奄奄一息了，其中不乏少不更事的幼崽。

眼前哀鸿遍野，复原多时的瓶子卫队长，也不禁眉头紧锁。

小油子不知何时，已轻轻站在瓶子身边："这些，都是途经王国的过客，他们跟我们一样，都是生活在沙漠中的平民，这些算是幸运的，因为他们被及时救治了，但你想想，王国建立多年，鼠王联合蛇族残害的无辜百姓，何止千万！瓶子，你依然执迷不悟吗？"

卫队长的胸脯剧烈起伏着，沉默了片刻，终于红着眼圈，上前去帮刺猬扶起了一只受伤的黄鼬。刺猬先是一愣，随即报以微笑。

小油子看在眼里，不由长舒一口气，放下心来。

十天过后，康复的伤员越来越多。

大家自发将王宫拆下的木料，在喷泉外围搭建了临时住所，还在早已凿刻好的"鼹鼠王国"城头旁边，建了一座精致的"王子祠堂"。

祠堂里供着一座威风凛凛的鼹鼠雕像，结实的大理石底座上，还印着一行朱红的蝇头小楷：正义、仁义、忠义。祠文内容是德克修正，书法是小油子的手笔，雕琢的功力，却非武功超群的小瓶子莫属。

至于那一抹抹鲜红，正是被营救的人们咬破手指，集体涂

就!

## 2

最近，陆续有想家的居民，备足泉水，离开了王国。

王国重建，小油子居功至伟，竟被国民们公推为王国首领。

大家正按部就班地打理着各自幸福的生活，整个王国虽历经多年的黑暗统治和近乎崩溃的王室更迭，但人人久违的繁荣景象，却已初露端倪。

望着即将安居乐业的各个族群，欣慰的德克也开始挂念起格林村的村民。

金虎多次去胡杨树下寻找虎妞尸体，均无所获，内心已然焦燥不堪，眼下一切与复活有关的地方，都是他的目标，白鹅大师既然把狼屯与泪王子连在一起，狼屯之行，自己是绝不会错过的。

德克戳了戳正在与孩子们戏水的龙猫，再次提到了狼屯，并说明了想一起悄悄离开的心意，对方这才恋恋不舍地回屋准备行囊去了。但这只八婆龙猫显然不太甘心，结果三人出门的时候，身后早左邻右舍地围了一大圈！

直到消息传得满城风雨了，龙猫还在拼命地澄清："德克，真的，我们要走的消息，我真的只告诉了公鸡一人！"

德克知道，全天下的公鸡都与"保密"互为天敌，所以也没多加责怪，一心与前来挽留或送行的油子国王和乡亲们依依告别。只是那些曾经发着誓同甘共苦的肥猪、公鸡、白兔等众位兄弟，却不见了踪影。

德克不由暗暗神伤，但想来毕竟人各有志，目前这种丰衣足食的安逸生活，在茫茫大漠中，的确令人神往……倒可理解。

三位辞别众人，依地图所示，西行了大约有一顿饭的路程。

德克就远远瞧见了一棵高大的仙人掌下，人影绰绰……结果再急行几步，那几个轮廓已显而易见，正是肥猪大篷、公鸡光明和兔子王小白，而且随着一声惊呼，天空中也飞来了俊鹰夫妇，旁边还闪出了刺猬卜大夫，老鼠小瓶子！

大家一路迎了过来，个个身着行装。

没等德克发问，白兔便率先邀功："兄弟，我们虽然一早就听公鸡光明说，你们要去一个叫狼屯的地方探险，但真正猜出你具体行程的，却是我老白啊。你昨晚的梦话，可是泄露了天机的！"

肥猪一脸怨气，抬手将兔子拨到旁边："别吹了，还不怪你，组织大家给德克村长搞什么惊喜。村长有所不知，我们天不亮就在这地儿潜伏着了，晒了大半天你们才到，备用的水囊又不能提前开启，若不是秃鹰哥嫂来回输送，我们早渴死了！"

德克略显茫然："你们这是……其实只有龙猫和金虎随行就可以了，大家没必要去一起冒险的，狼屯那地儿凶险着呢！"

这次，是多嘴的公鸡倒背了翅子，煞有介事地分析："村长，这次出使情况不明的狼屯，大小也算个探险，要探险，就不能单枪匹马，就得组建团队，而且团队中的成员，必须职能齐全。"说着，翅尖依次托向肥猪、龙猫、刺猬、双鹰和小瓶子，

"看，厨师、向导、医生、预警、保镖。"最后一指自己额头上歪歪的冠子，"谋士！嘿嘿，如果大家没意见，也可以称我为军师或参谋长的……当然，光明师父也行，我很随和。"

德克跟着公鸡的一路指引，扫视了一遍浑身溢满渴望的队员们。

不得不承认，公鸡所言，确有些道理。

## 3

德克现出一副少有的庄重，话音也极其沉缓。

"我只是不想让你们惹上麻烦……"

众人面色从容，大篷与光明更是相视一笑："不惹点麻烦，那活着多没劲……"

德克下巴微扬："大家安稳日子过够了，一定要去赴这刀山火海，我也不好拒绝。但是家有家规，国有国法，咱既然形成了团队，就要遵守团队中严格的要求，无论我们身处何种逆境，都一定要做到日行三善，换句话说，不管饿死、渴死、身陷何等绝境，队员间也绝不能反目成仇，恶语相加，弱肉强食！你们能做到吗？"

秃鹰憨笑着表态："那是自然，队长请放心，凡我团队成员，皆是我大俊出生入死的兄弟，莫说我们之间不会残害，就算其他动物有非分之想，凭我秃鹰的尖钩利爪，绝对做得了兄弟们的保镖！"

小瓶子也噌地自腰间拔出棘剑，竖至齐眉，不甘示弱："我也赞同大俊哥的说法，谁若不自量力，打我们团队的主意，我必拼死一战！"

白白胖胖的肥嫩兔子也跟着起哄，掂掂一袋子萝卜干，只说自己是最安全的，终生偏食，再饿也不会对队员们造成任何危害。

肥猪却因为当初这厮对自己的不敬，而记了笔小账："小白兄弟，这点你就不用解释了，大家本来也没打算防你。你一定要相信，村长现在强调的所有规定，百分之九十九点九九是冲着如何让你活下去，别让人剁巴剁巴炖了萝卜……"

兔子本想展示一下于这个团队中不可或缺的存在价值。可惜自己的和平言论刚一出口，就遭到了肥猪的冷嘲热讽——哦，感情我兔子王为团队出不上力也就罢了，到头来，还变累赘了不成？

兔子心中郁闷，耳朵随之耷拉了下来。

德克见状，赶紧拍拍兔王肩膀："大篷刚才说笑了，我们的队员，人人都是心存了正义、仁义、忠义之心的，自然缺一不可！"

德克就着兔子感激的目光，举臂一呼："我再问一遍，无论我们处境有多恶劣，哪怕面临生命危险，大家能够做到日行三善吗！"

众人齐应："能！"

兔子王更是双耳屹立，壮志如虹："能！能！能！"

那一刻，德克一味陶醉于这种高涨的氛围中，不能自拔，并

没察觉龙猫的悄然临近。

"德克村长，你知道自己给大家带来了什么吗？"

"是希望吧？"恐龙缓缓睁开双眼，"或者还有责任、刺激、自信，使命感？"

龙猫语气不改，神情稍加愉悦："这所有的一切，都比不过你的呼唤。你唤醒了他们沉睡的心，他们每天的生活周而复始，得过且过，除了温饱别无他求。现在，你让他们有了理想……他们觉醒了。"

德克并没再多说什么，只是目光里多了些坚定，多了些恒远。

德克知道这个不再沉睡的团队，马上就要去面对更加曲折、更加凶险的未卜之途。但活着的意义，不就是让我们清醒地前进在平坦或坎坷的道路上吗？

想到这儿，德克哪还有矫揉造作的心思，一挺胸脯，尖声打个呼哨！

队员们开始鱼贯而行。

时值烈日中天，一行大小不一的脚印，镶嵌在黄沙之中，恰似一条环环相扣的精钢锁链，绵远深长，直没远方。

## 4

当初没开除兔子，成了最正确的选择。

二十天过后，大家的备水便开始蹙促起来。再走三天，行囊中以药材为主的刺猬，饮水首先告急。靠大家的接济，又坚持了一天，每个成员的蓄水，也到了最低的警戒线。

为了减少水分消耗，两只秃鹰在夜间甚至都开始禁飞了，而且因此捉不到食物，他们也饿了些时日。

沙漠的星空，倒是浪漫得很。

猪大篷正在为公鸡指一颗即将滑落的流星，还嘱咐大家别错过了许愿。众人都在瘪着肚子全神贯注瞅星星的时候，心存内疚的刺猬却四处忙活着逮沙虫，这工艺也只有他老人家娴熟，不出个把时辰，卜大叔的食袋中，已聚了几十只。

只是这沙虫形体太小，丢进哪张饥渴的嘴巴里，都捉不到"食物"的感觉。

肥猪提示的那颗灿烂的北极星，到底没有坠落。大家的目光却没那么顽强，纷纷抱怨着，把自己念叨了几百遍的心愿埋回心里。

大脸猪还真有脸为自己狡辩，各个游说着："大家许的愿，是不是都与水有关啊，这不难为沙漠流星吗？大家能不那么奢侈吗，看把星星们吓得，我本来掐算好的，今夜必有一场流星雨呢！"

雨毕竟是个可爱的字眼，大家随之舔舔干裂的嘴唇，打算不再跟这只山寨星相师一般见识，却忽然听到刺猬大叫一声："兔子呢？没回来吗？小白不见了！"

德克打了个冷战，放眼搜寻，果然瞧不见兔子王的身影。

刺猬解释，刚才自己捉沙虫时，兔子只说作陪，再抬头，却没了影踪，喊了半天也没有回声，现在四周一片漆黑，正是毒蛇

出没的时辰，这可咋办！大家正要分头搜寻，却被德克厉声阻止，如此条件下，大家贸然分开，就算不被毒蛇攻击，也会因迷路或饮食匮乏而身陷绝境。

"大家不要分开。"德克原地端坐，理了理思绪，"俊哥俊嫂，你们夜视能力强，而且不畏毒蛇，且带上我的水囊，在有限范围内搜寻一遍，如果发现小白，俊哥陪他就地待援，俊嫂来营地通知我们！"

秃鹰们推辞再三，还是从德克的水囊中勉强倒了一小半清水，便一头扎进了夜空。

金虎声称自己的夜视能力不在鹰眼之下，而且对付几条毒蛇也绰绰有余，要坚持参加搜救行动，却被德克一把按落在身旁。现存的蓄水，已经不起折腾了，为防再生事端，静心等待大俊夫妇的消息方为上策。

兔子王是在下半夜自己跑回营地的，手里还提留着满满一囊清水！

德克高兴之余，不忘撮嘴打个呼哨，将大俊夫妇唤回。

金虎拍打着兔子身上的泥沙，急切地询问详情。其他众人也顾不得休息，纷纷打着呵欠，拿着各自干瘪的水囊凑了上来。

兔子开始自豪地为大家分配蓄水，当然嘴巴也没闲着，利用一个多时辰并夹杂了大量的夸张手法，愣是将一次简单的意外收获渲染成了一部惊心魂魄的英雄淘宝记！其实概括全文就两句话：兔子外出撒尿，发现了一片植物。就此下挖十米，寻到了一处水源！

好歹啰唆完毕，兔子再自腰间拔出一根类似于萝卜样的东西，继续卖弄："这叫肉苁蓉，可是沙漠中不可多见的上好食材，虽为植物，却有肉质口感，而且甘甜多浆，保大家食欲大增，接下来的几天日程，吃喝统统不成问题了！"

秃鹰大俊半信半疑地上前掰下一块，一分两半，与妻子各自放在嘴里，嚼了几口，果然笑着夸赞，清脆怡人，比腥臭的蛇肉强多了。

刺猬大喜，不待天明，便缠着兔子带路，约大家一起拔苁蓉去了。

## 5

食物充沛，众人明显精神大振，预计五天的路程，第四天正午就已经在龙猫的指示下，远远看到"沙漠之家"的屋顶了。

这地方，一眼便知，恰是沙漠中并不陌生的生活点。

沙漠生活点的屋子，大都学了白鹅大师的建筑风格，由一块巨石掏就。

只是这几间石屋，却极为简陋，不但门窗全无，而且原本为过客们储水的石碗、石罐，也个个残缺不全，要不是门框上几乎被完全风化掉的"之家"二字，相信连龙猫也不敢确定，这就是当年门庭若市的塞外驿站？

德克失望之余，忽然想到大伙儿最近因心情松懈，储备的苁蓉和泉水基本浪费殆尽，看如此处境，若不能及时寻到水源，众人的生命依然堪忧呢！

德克再次展开地图，详细地回忆着自己的行程，与图中地标逐一对照。龙猫也拍打着胸脯保证，图上的狼屯必是此地无疑。金虎则凑上前来，漫不经心地一指狼屯旁边的小圆圈，问道，这是什么？

水井！

德克恍然大悟，地图中明确标注着附近有一眼水井。龙猫也补充说，这处生活点，应该是在一眼水井旁边的，眼下只要找到水井，自然就能解决生存问题。

德克这才吩咐大家四处找找，看有没有水井。

众人忙活半天，并没见到水井的影子。

倒是秃鹰眼尖，在几百米外，发现了一座枯井。枯井很深，德克往里丢了一粒石子，很长时间才听到微弱的落地声。里面黑漆漆的，几米以下便什么也看不清了，而且四面光滑，队伍中又没有绳索，会飞的秃鹰在狭窄的井道中也展不开翅膀。

大家只好无助地围坐在井口处，抓耳挠腮。

德克苦想多时，终无计可施，眼见天色已黑，正打算招呼大家回石屋里对付一夜再说，却听到小瓶子高喊一声："我有办法了！"

卫队长并没急着公布自己的方案，只是拔出腰间的棘剑，直直逼向刺猬。

老中医老实巴交的，哪见过这阵势，惶恐之余，略显口吃："兄弟，你……你这是……想做……做啥？"

小瓶子忽而双手施礼："卜大叔，以我的身手，利用两把棘剑，交替刺进井壁，是可以到达井底再安全攀回的，只是晚辈目前随身所带的棘剑只有一把，极需借用大叔身上的一只猬刺用用，不知可否？"

要说这只刺猬，本是姓卜名利发。人家给自己起名叫作"卜利发"，并非有多财迷，而是缘于自己从小到大的绰号"不理发"，他对自己的这身犀利的皮毛行头，那可是珍惜得要命。所以小老鼠轻描淡写的请求，却被当事人扭扭捏捏拖沓了大半个时辰。

现场诸位，也开始集体注视着老刺猬，以示鼓励。

卜大叔毕竟是团队中的老同志，经过一番激烈的思想斗争，觉悟还是迅速提了上来。

刺猬终于忍痛割爱，戳了戳后腔，指定了一根最不影响观瞻的尾刺，并在嘴巴里塞上了一团纱布——短促的猬刺必须连根拔起，长度才能支持住那只硕鼠的体重。

接下来，众人望着悲壮的老刺猬和他那根血淋淋的尾刺，无不敬意大增。

## 6

小瓶子不愧为行伍出身，果然没辜负老前辈的贡献。

大家期盼了约一袋烟的工夫，小老鼠就在枯井中攀了一个来回，腰上还系了条坚韧的麻绳。小瓶子先向老刺猬恭敬地交还了猬刺，再向德克做了汇报。

原来，井底深处，的确已干枯多年，没有半点湿气，但斜角

处，却有条与地面平行的宽阔通道，很深邃的样子，自己试着走了几步，捡到了一团麻绳，怕队友们担心，这才先返回地面通报情况。

瓶子说着，将腰上的麻绳解开，一端递到德克手中，一边解释，为防麻绳长度不够，另一端是拴在井底的一块石头上的，如今掂其重量轻盈，长度应该足够。

德克哪还犹豫，将手中的绳头围井沿几圈拴个牢固，率先攀住绳索，滑向井底。

除秃鹰夫妇受命原地防守，其他成员均推算好间隔时机，陆续滑下。

待众人安全落地，德克便安排夜视能力最强的金虎带头引路，武艺超群的小瓶子断后，并要求全体成员务必个个打起十二分精神，始终保持弯腰屈背的进攻姿势，一路警惕，缓缓朝前行进。

黑暗中，的确不知走了有多远。队员们只是在这种高压的气氛下，保持着单一的身形，机械地挪动着双脚，周身早已麻木不堪。

就在大家临近崩溃的时刻，却忽听金虎小声示意道："大家注意前面，两点钟方向！"

众人精神一振，集体抬头，扭向右上角。

那儿，果然有一处星火般大小的亮光，若隐若现！

# 7

随着众人的继续前行，黑暗中的星星之光，也竟变得越来越大。

半个时辰过后，才发现亮光处正是通道的出口。想必队伍一夜未眠，如今，洞外早已天光大亮了。

队员们欢呼着，集体涌出了洞口，却又瞬间噤若寒蝉！

一片广袤的草原，出现在了众人面前。

这是一片不折不扣的真实的草原，就是那种长着青草、开着鲜花、飞着蝴蝶，地面上撒着云一样的羊群、天空中飘着羊一样的云彩的那种草原！

这可是沙漠腹地啊，不会是做梦吧！

大家禁不住相互采扯着对方的皮毛，以确定场景的真实性。当然，也没欢腾多久，便个个安静了下来——队员们紧张了一宿，毕竟身心俱疲，如今心境一宽，精神放松，困盹趁机汹涌袭来。

不出片刻，全体成员便就地东倒西歪，鼾声四起了。

金虎心中装着心事，浅睡辄止，率先觉醒。但一睁眼，朦胧中还是感觉有点儿不对，待完全回过神来，才发现自己正孤身处于一个乱石堆成的石凹里，而且给一条粗壮的麻绳绑得粽子一般。刚要呼喊，发现嘴巴竟也给缠了个结实。

金虎哪还有半点睡意，焦躁之下，犹如一只大个豆虫，在原地徒劳地扭摆着身体。而且左右都是坚硬的石块，没一会儿竟摩

擦得皮肉生疼，狗毛纷飞。

过不多时，却听隔壁传来一声兔子叫："是金虎兄弟吗，我是兔子王啊，刚才飘过来几根狗毛，你想必是醒了，你的嘴巴给绑了吧？嘿嘿，大嘴巴关键时刻就是败事，像我这般短唇，他们想绑都无处下手啊！"

德克几个也终被吵吵醒了，正做着同样的挣扎。

兔子再嚷了几句，德克就气不打一处来，嘴巴方便你倒是赶紧把看到的敌情及时通报通报啊，忙着显摆什么樱桃小嘴啊！

愤懑之下，德克干脆停止挣扎，呼呼地喘着粗气。

但那多嘴多舌的兔子，显然记恨了平日里受到的奚落。趁着大家都处在静音状态，兔子可算得了机会。

"当然，嘴巴大，绝不仅仅体现在人身安全上，就拿金虎你来说吧，你说你们狗嘴那么大有什么用啊，不也到老没吐出条象牙吗；再说那小瓶子，就你们耗子那几颗小鼠牙，安那么长一尖嘴巴里，多浪费地儿啊；还有卜大叔，刺猬本身挺漂亮的小圆脸蛋子，却白白让只长嘴巴给彻底糟蹋了，多可惜呐！再看龙猫……咦？龙猫兄弟，咱俩嘴型差不多啊，论说你的嘴巴也应该闲着，怎么听不见你的声音，十三呐，说话啊你，十三，十三！"

龙猫没动静，却引来了一队手握木棍的巡逻兵。

# 七、狼与狗

## 1

巡逻兵们个个体型似狗，只是人人眼眶上戴着半截面具，遮了眉目。

而且细心一点，还会发现它们每只耳朵上都有一个明显的"v"形缺口。

看到来者第一眼时，德克的确怀着十二分的感激之情，朝对方友好地眨巴了眨巴眼睛——因为刚才其中一位，声严厉色地朝兔子喊了句："再得瑟，把你嘴唇缝上啊！"但接下来再看第二眼时，德克却已是惊悚万分！

对方耳朵上的"v"形缺口，正是沙漠狼族的特有标志。

传说小狼们在行成年礼时，必须当着父母的面，拿自己的双耳，测试自己狼爪的锋利程度，如果一次性抓不出标准的"v"形缺口，它就会被逐出狼群，在荒漠中自生自灭。所以，只要双耳带有标准缺口的，必是集凶狠残忍、暴戾无情于一身的行家里手！而且，它们因杀戮过重，眼睛也必是猩红的，怪不得个个戴着眼罩，原是怕本性外露啊！

德克只道传说中的"狼屯"，不过是个普通村庄挂靠的大气名字。却不料想，这儿果然就屯集了一群货真价实的凶残恶狼。而且众所周知，在沙漠中，狼与其他族群自古不共戴天，队员们想必凶多吉少了……想到这儿，包括适才不胜其烦的大白兔，德克都怀了深深的内疚，禁不住双眼含泪，神情凄然。

对面的恶狼，却不明就里，其中一只多事的，还上前蘸了蘸德克眼角的泪珠，啧啧叹道："嘿嘿，还以为传说中的恐龙有多临危不惧、威武不屈呢，看看，都吓哭了呢，来来来，我再看看吓尿了没，尿了没？"

说着，就要认真地去拨弄德克缠在下体的麻绳，却被德克弓起身躯，一个猛蹬！

小狼猝不及防，竟抱头滚到了十几米外，面具也甩出了老远。这条吃了暗亏的家伙竟然不顾狼狈的形象，连滚带爬地扑到面具上，手忙脚乱地戴好，才重新寻回兵器，恶狠狠地来到德克面前，只是距离始终控制在了安全范围。

德克一时心里大快，满眼充斥着万般豪迈。

就是，老虎都有打盹的时候，你只小灰狼还想在我堂堂骨冠龙面前玩忽职守，不自找难看吗？然而，对方毕竟占了主场，语气依然无畏："你且嚣张着，等我们天公传下神谕来，不死也得让你扒层皮，他老人家可是对入侵的外敌从不留情的！"

德克注意到，小灰狼在提及"天公"和"他老人家"时，都

会不自觉地对着头顶上方，恭敬地拱拱手，这"天公"想必是群狼的首领了。但"神谕"一词，又从何说起呢？再有，传说中这沙漠狼群，世代尊存了母氏制度，每届狼王理应是"姥姥奶奶"或"七大姑八大姨"的，这"天公"的称谓，实在是男爷们的专利啊！

德克心中疑窦丛生，神态也不禁沉默下来。

自忖占了上风的小灰狼，好歹在同事面前捡回了半拉子脸面，为防继续惹火烧身，话音一落，便急匆匆招呼同伴快步离去了。

## 2

狼兵的脚步声还没消停呢，那边的兔子又开工了。

"德克村长，你刚才真是为咱出了气了，我小白对你服了，你太生猛了，就刚才那一脚，多亏那是一只狼，如果是一只耗子，都可以直接下葬了……咦？小瓶子，你嘴脚捆得这么结实，是怎么爬到我这儿的……什么意思？让我做什么？哎，你干什么？你把嘴凑过来干什么……噢，让我用牙给你把嘴上的麻绳解开啊，你刷牙了吗……"

"能不能闭上你张臭嘴，早说点有用的不行吗！"

显然，小瓶子的尖嘴，刚刚在兔子暴牙的帮助下得到了解脱。然而心中却生不出半点感激之情，只一味对着这只聒噪的苍蝇连珠炮轰。

说话间，老鼠与兔子已交叉咬开了绳索，其他众人身上的束缚也随之陆续解除。原来，队员们分别被一堵堵石墙分隔在了同一座小山的山腰上。众人依次脱困，德克点名一数，却唯独不见了龙猫！

然而，此时大家正身处险境，自然不便高声呼唤，也不适合分头搜索，只好集体围着山脚，静悄悄地寻了几圈，终是无功而返。

德克怕被巡回的狼兵发现，便带领大家暂且逃离山丘，找一处理想的隐身场所，围坐在一起，静静地想着如何脱困。

虽然前途凶险，以金虎对德克的了解，让这头不折不扣的犟驴半途而废，几乎是不可能的事情，好在队伍里也没有退堂鼓的杂音。

狼狗轻咳一声："嗯，我理解德克的心情，一定是感觉把大家带到狼窝来，非常愧疚。但是，大家在出发前就已经料到，这不是一次轻松的旅游，所以您也不要自责。"

大家受此一激，赶紧连声附和："就是，就是，不危险那还叫什么探险。"

德克这才正儿八经地自责起来，之前他正忙着猜测龙猫的去向呢。

金虎见德克开始揉着眼睛唉声叹气，感觉气氛已经渲染到位，忙把拳头奋力一举，声音铿锵有力："朋友们，我们吃尽苦头，不畏艰辛，是为了什么，不就是为了来到狼屯吗，我们成功了啊！至少，我们回去后，可以肯定地告诉大家，狼族不是一个传说，我们每个人都勇敢地去面对过，虽然它们残暴不仁，但是

在我们团结而无畏的探险队员面前，它们退却了！它们畏缩了！单打独斗中它们还败给了我们的德克村长！深入狼穴，我们却全身而退……当然，炫耀这一切的前提，是大家必须先齐心协力把龙猫救出来！村长，您可以根据自己的计划，下达营救任务了！"

德克感激地点点头，用力擤了一把鼻涕，以示婆婆妈妈的伤怀，到此为止。

"十三定然是被带进了狼族的大本营，因为天下皆知，龙猫十三是白鹅大师的爱徒，而沙漠里的所有动物，对大师都是敬畏有加的，想必它们不会急于下狠手。但时间一长，等知道了大师的死讯，那龙猫就万般凶险了。我们只有继续深入，直捣狼穴腹地，才能及时救出我们的队友龙猫！"

伙伴们经此动员，果然个个摩拳擦掌，豪情万丈！

小瓶子更是将手中棘刺仰天一指，摆出一副冲锋陷阵的架势……可惜自恋片刻，却忽然疾呼一声："有情况！"

众人仰头望去，果见天空中正有两团黑影，俯冲直下！

## 3

金虎眼疾，首先看清，来者正是受命守护井口的秃鹰夫妇。

"大家都安全吧？"大俊身形未稳，便开始焦急地问道，"我们在井口守了一夜，见大家没了音讯，正担心呢，却自井底飘上来一张纸条，说你们急需救助，并告知我们朝太阳升起的地方，飞越一座高耸延绵的沙丘，就会找到你们了！纸条上的指示果然不虚，大家怎样，都还好吧？"

德克知道，其中必有蹊跷，说不定是敌人想一网打尽而定出的毒计呢。但抬头看看宽阔的天空，心想，狼族要逮到两只鹰，至少短期内还处于妄想阶段，也罢，水来土掩，兵来将挡，是难关总要一道道地过，懒得去作些无谓的揣测了。

恰好，目前正需要针对狼族大本营进行空中侦察，德克抬头吩咐双鹰，务必先找到敌人的老巢，然后避开巡逻兵，为大家规划出一条理想的行进路线。

秃鹰夫妇匆匆嚼了几条刺猬挖来的蚯蚓，便领命而去。

其他众人却就近席地而坐，吃草的吃草，捉虫的捉虫，忙着填饱肚子，迎接即将到来的一场硬战。

大约过了小半个时辰，秃鹰们便兴冲冲地飞了回来，嘴里嚷着，找到了，找到了！找到它们的居住区了，有一群高大的石头房子，正中竖着一面醒目的木牌，刻着"天公府"三个大字，定然是整个狼族的集散地了！

"那进攻路线呢？"德克有些得寸进尺，"二位有没有侦察出一条可供我们直达贼窝的便捷路线呢？"

听到这儿，大俊更显得胸有成竹："每条路上都有狼族的巡逻小队的，大路是不能走的。但我发现了一个规律，就是那群吃草的羊——这片所谓的草原，从空中看，其实是条狭长的草原带，而且这群羊的移动路线，正是往返于我们的藏身地与狼族的居住区之间，所以，我们最安全的行军路线，就是藏匿于羊群中。只是时间上会长点，羊群移动得太慢了。"

秃鹰的建议已属权威，德克想都没想，就组织大家悄悄向羊群摸去。

秃鹰夫妇却依然返回空中，时刻监视着狼兵们的一举一动。

混入羊群后，为防误会，金虎赶紧端着笑脸，四下和蔼地介绍，自己是狗，是护卫羊群的狗，说白了都是自家人，千万别惊慌……结果，大狼狗表白半天，绵羊们却头都没抬，羊群里也没传出任何不良回应。

德克诧异，亲自上前试探几番，这才明白，原来狼屯的羊与格林村的羊差异甚大，他们至少完全丧失了说话的能力，不能与异类交流。

感情这儿的羊只是狼族圈养在领地的食物而已——他们没有任何与智慧有关的思想，更别说参与公共事务，他们只知道一味地埋头吃草，他们毕生的追求只是把自己尽快养肥，然后任人宰杀……"他们"甚至都不会介意别人称其为"它们"。

它们对青草之外的一切，都无动于衷！

## 4

大家一路为这群懦弱的绵羊惋惜着，不知不觉，已临近了狼族驻地。

德克自知到了紧急关头，片刻不敢懈怠，双目炯炯，万分警惕，轻声移步时，也不忘时时抬手示意众人，留意身边脚下，切不可发出半点声响。

队伍小心翼翼地行进了十几个路口，避过了几十队巡逻，终于靠近了秃鹰所提及的"天公府"门口。

好在天色已晚，大门左侧又恰巧有一处探出的拐角，勉强可以供队员们藏身。

德克望着戒备森严的府门，直急得满头大汗。

队员们于心不忍，开始小声小气地出着各种鬼点子。可惜，其中大部分都是馊的。剩下的一小部分也只是理论上可行，实际落实起来，会伴有巨大的难度或风险。倒是见多识广的卜大叔，最终令德克灵光一闪。

刺猬刚刚说了句："只有乔装混进去了……"

德克何等聪颖，经老人家轻轻一点，脑海中便迅速闪出了一条妙计，只是金虎要吃点苦头——德克要把金虎打造成一条狼！

眼罩道具不成问题，老鼠小瓶子去左邻右舍"借"点东西，那是分分钟的事。困难的是耳朵上的"V"形标志，那可是实实在在需要见点儿血腥的。金虎向来对自己心软，首先摇头，说狗爪子毕竟不够锋利，对自己一蹴而就整出这完美造型，信心不足。

无法下手，只好下嘴了。

要一口下去准确地咬出个"V"形，德克挨张嘴巴过滤着。可惜，尖嘴的耗子不在。鸡嘴无牙，猪嘴木钝，兔子压根就没嘴。数来数去，只剩了刺猬了。

大夫倒也没推辞，上前瞅了瞅金虎的两只尖耳朵，往自己嘴里塞了点止血麻药，咀嚼成汁后，张口便咬！

结果，还没等狼狗叫出声来呢，众人便齐声称赞："整齐，

刺猬嘴巴咬出来的缺口，太整齐了，与狼耳朵一模一样呢！"

而且刺猬配置的麻药也神效，并没出现金虎鬼哭狼嚎的画面。

兔子终于见识到了长嘴巴的妙用，上前握着外科大夫的手，汗颜不止。只可惜刺猬正因药力过猛，口舌发麻，懒得跟他互动。

小瓶子恰好扛着眼罩赶了回来，问明缘由，却走到卜大叔身边，责怪对方，既然有麻药，当初拔猬刺时，明知会疼痛难忍，为何不用？

众人何尝不知，定是各类药草存量有限，卜大叔一心想节省下来，以备其他队员不时之需。但老人家还在模糊不清地辩解："……我……老刺猬……皮糙肉厚……受得了……用麻药……浪费……"

众人闻听，无不对这位医德高尚的大夫，又添了些景仰！

有了面具和残缺耳朵，狼狗的其他特征便无须费心。

加上金虎与生俱来的狼性气质，过门岗时，腿都没哆嗦一下。众人提心吊胆地确认了狼狗已经顺利过关，这才纷纷拍着胸口，就地抱团潜伏了下来。

## 5

金虎进了门口，踏着弯弯曲曲的小道，一路平安无事。

待来到了院子中央的一座宽敞大殿，看到里面竟整齐划一，趴了一地灰狼！

灰狼们个个五体投地，虔诚无比，嘴中齐声吟诵着奇特的经文。再往里瞧，那大殿之上，有一座高耸的供台，供台上正端坐着一只黑色动物。

那动物不是别人，正是龙猫十三！

金虎强忍惊奇，蹑手蹑脚绕到供台后方，轻轻爬到龙猫背后，戳了戳对方的后背。咦？硬的！再加点力道，金虎才发现，这原是一座用黑色石块雕刻的龙猫肖像，只是雕工精致，惟妙惟肖，若不接触，是断然看不出真假的。

金虎正茫然无措，却忽然感觉脚下一松，只听"哗啦"一声，自己便连同那龙猫雕像一起，重重地摔在了地面上。想必供桌年久失修，难于长时间支撑这条大狗的额外体重，终于不堪重负，一气之下，撒手人寰了。

这大祸闯的！

狼狗直被摔得七荤八素，还没回过神来呢，一大殿的灰狼信徒就龇着獠牙围了上来。

金虎哪还顾得什么眼罩，赶紧指指自己的耳朵，死马当作活马医："嘿嘿，自家人，自家人，大家镇静，镇静，刚才是个意外，是个意外……"

另一群急于照顾雕像的母狼，却各自捧着支离破碎的黑石块，伤心欲绝："天公呢，天公怎么变成石像了，天公一定生气了，把自己变成石像了！你小子，赔我们的天公！"

金虎见状，哭笑不得，心说大家少安勿躁，等会儿我为你们逮只活的，行不？

金虎想到这儿，也顾及不了太多，趁着满大殿的喧闹，放开嗓子，高声呼唤着："十三！龙猫十三！我是金虎，你能听到我的声音吗？听到就回话！十三！猫十三！"

就在场面乱成一锅粥的时刻，突然从大殿上方，传下一声低吼："天公殿乃神圣之地，你们却在此大呼小叫，成何体统！"

众生顿时集体禁音。

金虎赶紧寻声望去，只见方正的横梁上，一只龙猫正徐徐起身。那龙猫英姿飒爽，眉宇间隐隐透出了丝丝霸气，虽不怒而自威！金虎再想喊声十三兄弟，但又感觉自家兄弟与眼前的龙猫，在气质上确有差异，只好作罢。

现场的灰狼早就恢复了顶礼膜拜，金虎却一时困惑不堪，目不转睛地瞪着龙猫，想探出点究竟。直到那只移驾到自己面前的"天公"向殿外的狼兵吩咐道："把这个乱性的贼子绑到内室，待本天公为它净心！"

金虎这才缓过神来。

金虎正要反抗，可惜为时已晚，不出片刻，自己又被重新缠成了粽子，包括嘴巴。狼狗被憋得够呛，无奈之下，只能在心里暗暗骂着这群土狼，行事老套。

金虎转眼便被抬到了内室。

内室就阴森了许多，室门一闭，狼狗不由汗毛直竖。

等了半天，金虎才再次看到了龙猫那双绿莹莹的鬼眼。

小子上前便开始扒拉狼狗的下体。金虎大骇，敢情这家伙方才说的不是"净心"，而是"净身"啊！

龙猫却完全不顾金虎的"嗡嗡"挣扎，查看仔细，才扭头往更加深邃的角落里回禀道："主人，是阉割过的，应该没错，金虎先生应该是来自狗皮洼的狼狗！"

金虎越来越摸不着头脑，只好惊骇地望着角落里的人影，缓缓逼近。

人影……对，那的确是一个人影。

那是一个实实在在的，人的影子！

## 6

阉割，原是狗皮洼村极具特色的一件隐私，本不该提。

大家知道，像大龙城地区的其他村落一样，狗皮洼的村头，也有神庙，叫作犬神庙。狗皮洼塑造犬神的初衷，也与格林村塑造獒神一样，铁定是用来防狼的。

十几年前，狗皮洼还有个把虔诚的村民每天对神庙打扫打扫，过年过节甚至摆点水果、点柱蚊香啥的，但随着狼族的销声匿迹和老一辈犬神信徒们的相继离逝，打扫与摆供的频率开始逐年锐减……时至后期，犬神庙早与村头的厕所功能无异了。

当然，村民们让犬神先生重温"狗改不了吃屎"这一本性，绝对没有半点对狗族歧视的意思——这只是大家伙儿多年滋生的一种生理惰怠习惯。

毕竟进去方便的，一多半是狗。

结果，随着犬神庙日渐臭气熏天，村里狗族的形象和地位也随之一落千丈，狗皮洼终于通过了一条不成文的规定：为了节约

粮食，每家每户只能限养一条狗，每条狗都必须登记造册，而且绝不能私自繁衍。

这显然难不倒聪明的人类寄主，却给各家各户的狗狗带来了身体和心灵上的双重创伤——户主们开始纷纷把自家的公狗苦口婆心地劝进村里的诊所，自觉地骟掉某些肇事部位，人道、安全又不违规。

这话说来，已经是十多年以前的事了。现在但凡稍稍明点事理的，与狗皮洼的狗民交流时有两个词儿尽量不提——繁殖与性别。

提了也多余，还影响气氛。

## 7

"你是金虎？"

黑影未及近身，声音已经颤抖着起了哭腔。

虽然音调严重走形，但身为一条纯正的良种狼狗，这个熟悉的声音再拐多少个弯，金虎也能在第一时间里辨别得一清二楚。

来者不是别人，正是自己在狗皮洼的唯一主人，王爷爷！

王爷爷一边为自己的狗狗解着绳索，一边反复念叨着："你是金虎，你是我的狗，你是我的金虎，我的狗……"

挣脱束缚的金虎，忽然看到自己鲜活的主人，哪还有精力去求解心中的层层谜团，只一头扑到老头怀里，泪如泉涌："我是金虎，我是您的狗，我是您的狗……"

一老一少温存半天，直感染得龙猫哀叹连连。

待二位稍稍平静，龙猫才靠近金虎，轻声承认自己便是与大家一路走来的十三。

当初龙猫受王爷爷指示，去鼹鼠王国帮助小王子推翻残暴的鼠王，保证沙漠居民和过客的安全，正好与德克和金虎他们不期而遇。

但狼屯的位置，对外是绝对保密的，龙猫见德克手上有王爷爷的亲手绘图，必是爷爷有意为之，这才一路引领，把大家带到狼屯。但为了安全起见，还是在洞穴出口处，故意踏上了迷魂机关，让大家抵不过困盹，束手被缚。

金虎心中的其他疑问，也渐渐抽丝剥茧，有了答案。

原来，当初王爷爷装死，便打定了来这儿建立狼屯的主意。

这儿的狼群，本是一群凶残无度、滥杀无辜的孽畜。但是有一次，老王出使到此，无意中救活了一只受伤的小狼，并受邀在狼群中住了些时日。那段日子里，他才真正了解到，狼族并非完全如外界传言中的无情无义，在族群内部，他们也会相互谦让，彼此帮扶，只因生活所迫，才会偶尔进攻近邻。他们本性不坏，他们只是缺乏引导。

"在某种精神力量的掌控下，哪怕是一群恶狼，同样会走上一条规律、祥和、友善的生存之道。"王爷爷说。

老人家一心想改造狼群，首先便要树立一尊图腾。

当初，王爷爷走得匆忙，只带来了十只羊，和半路遇到的一只名叫十三的龙猫。

羊是留着繁殖备用的，图腾人选只有龙猫了。一开始，群狼

并没有对龙猫表现出有多大兴趣，倒是那十头肥羊，若不是碍于老头子的薄面，群狼们早用来改善伙食了。

结果，恰巧就来了祸事，狼群中突然流行起一种怪病，口眼歪斜，俗称中风。王爷爷知道那是因为他们长期食肉所带来的后果，于是连夜动手建起了这座天公殿，再把龙猫推上天公的位子。由天公主持，倡导大家一日三餐，以水煮青草为食，其余时间，则跟随天公一起诵经静心。

前期，恶狼们并不为之所动，但随着康复的患者越来越多，狼群哪里经得起如此神奇的宣扬，果然把龙猫奉若神明。

金虎听得出神，却忽然想到，食肉动物若天天吃草，岂不个个骨瘦如柴、弱不禁风？但从那群巡逻的兵卒来看，他们的体态并无异常，说话也底气十足，瞧不出半点营养不良的样子。

王爷爷与金虎相依为命多年，一眼便看透了狗狗的心结，于是继续解释说，让一群肉食动物每天吃斋念佛，确是不太人道，也违背天理。好在当初自己带来的绵羊，因水草丰茂，繁殖得迅速，而且，每天的自然死亡也不在少数。于是，天公又针对羊群出台了一种特殊的殡葬方式——野葬。

所谓野葬，就是让死者陈尸荒野，回报是活着的绵羊可以安心活着，这对一群在狼口里讨生计的羊来说，估计已经是最高礼遇了。

结果，当地的羊们果然心照不宣，活着时便积极而快乐地活着，心无旁骛，死后便退耕还田，把一身的骨肉回馈自然。而每一批斋戒完毕的狼族顺民，都会在天公指引的方位，准确地得到几头死亡的肥羊。吃完后他们会把啃剩的骨头仔细埋掉，并用心作上标记，然后再返回神殿，为死者诵经超度。

而且老狼自己死后，也大都选择与羊族尸骨埋在一起——这就是王爷爷一手打造的狼屯社会。

安然，默契，和谐，有序……

# 八、迷人的秘密

## 1

金虎正在啧啧称奇。

龙猫也不无自豪地夸赞几句，却又忽然想起了什么，急声问道："金虎，秃鹰夫妇来狼屯了吗？当时下到井底，我是留了纸条的，第二天一早，我们爬出洞口后，洞内空气流动成风，必然会把纸条吹出井口的，不知他们发现没有。"

金虎点点脑袋，欣然一笑，声称大家都在天公府外潜伏着呢。

金虎说着，便要出去招呼，龙猫却及时提醒："面具，戴上面具。"

金虎一边依嘱行事，一边探听这物件的用途。

龙猫这才道破其中玄机——狼屯中的所有灰狼，眼睛都是黑色的，而外界统一传言狼的眼睛全是红色的。为了遮人耳目，隐藏狼屯居民的品种缺陷，王爷爷终于想出了这个故弄玄虚的法子，不但遮丑，而且神秘，还上档次！

金虎低头，独自从大殿里一群"佐罗"中穿过，来到门侧，与德克他们重新汇合，并大致介绍了狼屯的实况。

不出半刻。

龙猫十三正端坐在临时搭建的天公供台上，为这群远方的来客拼命造势。

"孩子们，我们闭关自守多年，已与外界严重脱节。本天公此次外出，就是为了取经受道，招才纳贤，以助我狼族兴旺发达，不落人后。结果天佑狼屯，本天公果然在鼹鼠王国遇到了一队文韬武略、德才兼备的仁人志士，他们或博学多才，或武艺超群，或精工巧匠，或玄医盖世，总之个个身怀绝技，人人可为吾师。"

说到这份上，探险队员们也就没必要再拿拿捏捏了，在恐龙德克的带领下，纷纷上台，脱掉罩衣，报着各自的名号，亮出了各自面目。

## 2

在接下来的日子里，狼屯枯燥的教学课程终于丰满起来。

德克的管理学，肥猪和公鸡的心理学，刺猬的传统医学，兔子的建筑学，秃鹰和老鼠的擒拿与反擒拿，队员们教得有板有眼，群狼也学得津津有味。

如此逍遥的日子，大约维持了半个月。

这天，金虎正陪老主人在草地上晒太阳，鹰大俊却轻轻飞

落在二人身边，迟疑半天，终于支支吾吾地凑上前来："我听过路的亲戚……传来一个关于狗皮洼的消息，不知你们想不想听……"

金虎脑海里显现着村长那张枯黄的脸，懒洋洋地问："好消息，还是坏消息？"

半躺的王爷爷却神情一凝，猛然坐直了身躯。

秃鹰知道事关二位乡亲，禁不住迟疑了起来，但终在老头儿如柱的目光下，轻声嗫嚅道："不太好……听说狗皮洼遭了横祸，村民们先是受了外界的攻击，村子狗群里又流传起一种疯病，一旦感染，便六亲不认，相互蚕食，现在村子里正人人自危，家家闭门不出，整个村子一片萧条啊！"

大俊说到一半时，王爷爷已经围着金虎转了十多圈，口中也不停地嘟囔着："出事了，果然出事了！"

德克几个远远看到这边事态，赶紧凑到近前。

德克问明情况，突然想到自己的村子，也禁不住发起急来："却说我们那格林村，也是与栗园一夜之间就消失得无影无踪了，村民生死未卜。还有那些突然从地下冒出来的恐龙骨架，竟能活动自如，能言善辩……"

王爷爷似乎心事更重，只朝众人招招手，带领大家一起钻回大殿。

大殿的神像后方，原有一个暗门，推开暗门，竟有一处暗道。

抠门的公鸡，手里举着的一只迷你鸡毛小火把，实在与一星香火没什么区别，大家只好紧紧黏在王爷爷身后，生怕掉队。大约拐了七八道弯，又是一道门，推开门，便是一间宽阔的屋子。

大家的眼睛原本正苦苦习惯着周边微弱的光线。

此时一步踏入这间大屋，光明却骤然大增。

众人定睛细看，原来屋内的四壁上，竟然也如鼹鼠王国地下客厅的天花板，一排排镶满了晶体，只是更加密集，而且色彩斑斓。那些晶体大小不一，却枚枚光洁如镜，公鸡光明手中的星星火把几经折射，便如在空中遍布了千万只萤虫儿，满屋子亮堂起来。

大家纷纷直起腰身，慢慢抬头，愕然环视着那些幽暗的荧光——那些黄的金黄、红的桃红、绿的翠绿……实在不曾想到，世间竟有如此鬼斧神工。

美轮美奂！

## 3

德克已大体辨出，屋子内立有十几个一人高的支架。

每个支架上都陈列着一副动物骨架。每一副骨架旁边都竖有一座石碑，石碑上的文字不过豆粒大小，却颗颗朱红醒目，辨认起来并不困难。

距离德克最近的骨架，恰是一副大鹅模样，旁边也赫然写道，蛇颈龙。

《龙立方》中早有交代，那白鹅大师正是蛇颈龙所幻化，德克又岂会不知这架骨骸与白鹅大师的关联。德克止不住望向了王

爷爷。

"这是一座标本间……"却是龙猫先开了口，语气很轻松，像在说一件再平常不过的事情，"德克村长，你的猜测没有错，你面前正是白鹅大师的遗骸！"

德克的脑袋一下子就乱了起来——大师不是在自己的石屋里被焚烧成灰了吗？龙猫口中提到了遗骸一词，那大师想必是去世了，身为大师的弟子，龙猫因何并不难过呢？然而龙猫并没急着给德克解释这些，也没在意对方的曲解。

龙猫只是默默把德克引到另一具骨架处。

"妈妈！"德克大吼一声，差点昏死过去。

没错，这正是一副狗的骨架，旁边也赫然写道，德克妈……德克妈并没有自己的名字，她只有四个儿女。

其中一个，叫作德克。

# 4

陈列在这儿的动物，其实都是恐龙。

王爷爷耐心地等德克稳住情绪，这才道出了其中的秘密。

那是与"泪王子"息息相关的一个大秘密。

陈列在这儿的动物，的确都是一只只恐龙经过多年进化而成。

他们本是来自那个远古的时代，在冷血动物集体灭绝的时候，他们只是因为心地善良，体温起了一点点的变化。就是这一点点的血液升温，让他们躲过了极寒的冰河世纪，一路幸存了下来。

而且他们是永生的。每一只恐龙进化而成的动物，依然会有生老病死，他们临死的时候，就会来到这座标本间，血肉瞬间消失，只留一副骨架。骨架在此净化几日，就会重新生成血肉，恢复原貌。

而他们的复活，便得益于那神奇的泪王子。

传说，泪王子是一个王子，或一座湖。也有人说是一棵树，或是一株草……但绝不是刚刚猪大篷插嘴辩解的一滴眼泪和绿鼻子。那充其量只是泪王子的一个幻象。

泪王子幻化成什么并不重要，他只是会在每个月圆之夜，化作泪珠的模样，分散于这屋内四壁的晶体之上，然后各个滴入每一副骨架之内，令他们复活。

泪王子的传说是一个秘密，而泪王子的秘密更是一个传说。从古至今，并没有一个人亲眼见到泪王子，没人跟他说过一句话，握过一次手。每只复活的动物只是把感激藏在心里，藏在那句"八字温血口诀"中，日夜诵诵。

王爷爷恰是这座标本间的守灵人。

王爷爷并不是恐龙后裔，王爷爷也不会永生。他只是从死去的爷爷的嘴巴里听到这些，然后遵照爷爷的遗命，守护着这些骨骸。王爷爷的爷爷说，他们就是这样一辈一辈传下来的。可惜王爷爷最担忧的就是这个……接班人的问题。

王爷爷并没有孙子，他连儿子都没有。

来狼屯前，王爷爷只有一条狗。

来狼屯后，连狗都没了。

<h1 style="text-align:center">5</h1>

然而，最近就出了异象。

王爷爷说，标本间平常最多不过流转三五副骨架。最近，却好像复活者扎堆了，一下子就满了屋子。王爷爷逐一指给德克来看。德克也逐一辨认出了羚羊师傅，红马兄弟，自己的哥哥虎克、尼克，还有姐姐伊克。

德克最终在一副鸟骨架前停了下来。

德克的目光只匆匆瞄了一眼旁边的石碑，便再不舍得从那副骨头上移开："小鸽子，你还好吗？原来，你也在这儿……"德克学着梦境中那只白脖乌鸦的语气，嘴唇微微翕动着，声音却轻得几乎连自己都要听不清楚。

"这是一只鸡吗？"光明不知何时举着火把贴在了德克身旁。

德克知道这只文盲公鸡并不识得石碑上面的文字，但又不想让别人打扰到自己的救命小恩人，只是笑着回了句"这是凤凰"，便扭头走开了。

王爷爷说，最近这儿的骨架不但越聚越多，而且泪王子好像也失信了，月亮已经圆了几次，却不见一副骨架复活……

德克正要再问些什么，就突然感觉自己的腰间一动。

德克不由伸手摸去，竟是自己从白鹅大师的石屋内带来的那只酒囊。或许是里面生成的存酒过剩了吧，这家伙才尿急一样地提醒自己——德克想着，便随手摘了下来。

那酒囊却并不老实，像只皮球一样挣脱了德克的大手，只在墙壁上四处碰撞。直到把塞子顾自撞开，里面的酒液喷涌而出，这才罢休。

但那些酒液却又继续不安分，纷纷散粘在了墙上的冰晶上，再飞溅而下，每一滴都准确无误地滑落在一副骨骸之中。

所有骨骸，竟然瞬间复活！

## 6

德克实在高兴坏了！

德克眼见自己的妈妈、小鸽子、白鹅大师还有其他一副副亲朋好友的骨骸，竟慢慢有了血肉，有了毛发，有了气色……只是，最终，除了白鹅大师徐徐睁开了双眼，其他人都依然沉睡了一般，安安静静地躺在架子上，一动不动。

当然，那白鹅也只是睁开了双眼，身体一样堆在那儿。

"德克……"白鹅勉强张了张嘴巴，像个卧床很久的病人，气若游丝。

众人齐声唤着德克。

德克赶紧从妈妈和小鸽子身边扑了过来，伏下身子。只听白鹅继续说道："德克，大龙城的居民，遇到了大麻烦，只有你能拯救大家……"

在场众人无不紧张兮兮，德克更是喘着粗气，一双鼻翼起起合合，如临大敌。

白鹅交代，大龙城范围内的所有动物，都是恐龙的后裔，延续他们生命的母液，正是来自于一座叫作泪王子的湖泊。那座湖泊名曰湖泊，实则神秘无常，变幻莫测，生来无形无相，白鹅大师与之曾有过三次的见面机缘，却存不住多少记忆，白鹅大师只说自己确实看到了一片湖，清澈见底，云雾缭绕，那湖却由不得白鹅近前，更别说进去洗个澡戏个水了——其实，每次见面，那泪王子都仿佛生来患有严重的洁癖，坚决避免与活在这个世界上的任何动物有任何形式的身体接触。

然而，白鹅大师毕竟是这个世界上离泪王子最近的人。

白鹅大师有一个鲜为人知的身份，神仆。他是泪王子与这个世界沟通的唯一渠道。

白鹅大师每隔一段时间，就会把生命耗尽的动物骨骸和他们体内的泪王子收集在一起，骨骸就存在这座标本间，而那些集齐的泪王子，每一滴都会被那座湖重新收纳、净化、再剥离、分发……周而复始，亘古不变。

最终还是出了乱子。

乱子就出在大白鹅的节外生枝上，自从白鹅发明了可以方便出行的飞艇，大龙城的居民便在地下发现了可以燃烧的黑炭。

民间发展迅猛的飞艇，每年都会有大量的燃料需求。地下的黑炭经过无度的开采，也终于日渐匮乏。贪婪的沙漠居民为了获取更多的黑炭，他们用尽了一切手段，扩大了挖掘范围。他们终于惊醒了当年被白鹅大师和德克合力困于地狱之城的黑蟒。

那条邪恶的黑蟒，自从受了泪王子的攻击，被封于地下，若无音无光，倒也无惊无险。当时通天的隧道一开，那黑蟒本已苏醒，但他深知泪王子的威力，却并未轻举妄动，他只是暗暗汇集了地狱之城所有的恐龙化石，然后捉几个挖炭的居民，榨出他们体内的泪王子，稀释给那些化石，让它们有些自由的活动和言语能力，爬出地面，遗祸各个村落。

黑蟒一定是想集齐足够的泪王子，那么整个大龙城的生死轮回，岂不完全掌控在了自己手中？

好在白鹅通过五彩药云的预警，及时获知了黑蟒的图谋，但他实在不清楚自己回收的泪王子中，有多少是被黑蟒派出的化石幽灵污染过的？而那一滴滴附着了邪恶元素的泪王子，又会在泪王子的净化过程中对圣湖本身造成多大的破坏？

"怪不得那些化石幽灵如此不堪一击，原来它们是故意求死，以便大量混入大龙城居民的灵魂中，融入泪王子的母体……"德克的疑云忽然被片片拨开。

白鹅又何尝不知黑蟒的这些伎俩。

白鹅大师这才在五彩药云中加入适量迷魂，把格林村、栗园等几个明确没有被黑蟒渗透的村庄整体催眠，并如德克他们对付灰老鼠那般，用尽毕生所学，先在村子周围设上隐形的气流屏障，再把村庄原地封罩，整体下陷，这才切断了与外界的交流互通，避开了黑蟒的鸦群耳目，保留了大部分泪王子的清纯。

而白鹅施这些法术，也会暴露了自己的藏身之地。

想那黑蟒恶棍一直视白鹅大师为毕生宿敌，又怎会不除之后快，再说白鹅体内的泪王子，较其他居民的浓度、纯度自然不知

高出多少倍，白鹅大师这才毅然自焚，将体内的泪王子匿于这酒囊之中，任那群化石幽灵再如何搜索，必不会对蚀骨的酒水产生什么兴致，总算躲过此劫。

与白鹅大师心生灵犀的德克妈、老羚羊以及其他生性纯善的得道之士和恐龙族群，无不纷纷效仿，按此方式，将体内的泪王子就地掩藏封存，一副副骨骸也在白鹅的召唤下，齐聚标本间。

白鹅他们的如此做法，那座圣湖必有感触，以至关闭了复活法门，与世隔绝。

但这沙漠中的生命，本就完全依赖泪王子的循环灌溉，才生生不息，世代繁衍。若那泪王子将渠道截流，不收不放，那这众多慈悲的生灵，无异于成了一团死水，总是免不了发腥发臭，干涸殆尽。

"德克……"白鹅的声音越趋微弱，断断续续，仿佛随时都会难以为继。

德克赶紧把耳朵尽量凑上前去。

其他众人自然不知白鹅大师最终对德克言语了些什么，只是在白鹅彻底沉睡过去之后，才死死盯着德克，希望从他那张刚毅的大嘴里，吐出点喜讯。

德克只是长长地叹了一口气。

## 7

德克要去找到圣湖，找到泪王子。

白鹅大师最后的叮嘱里，一定提及了找到它们的重要性。所

以德克作的第一个也是唯一一个决定，便是去寻找圣湖，寻找泪
王子。

可惜，白鹅沉睡之后，这满屋子的生灵中，并没有一位见识
过泪王子。也就给不出什么有价值的建议。大家只是默默地看着
德克，看着他一把抓起白鹅的那只酒囊，嘴里念句不知名的咒
语。

那酒囊倒确是个神物，又瞬间膨大起来。

待酒囊胀到了一头牛的大小，德克伸出右手，在白鹅的掌蹼
处轻轻抚了一把，然后凌空画个咒符，便一掌朝那酒囊拍去！

酒囊竟受力薄成了一片，隐隐现出了一道拱门的形状。

众人未及回神，那骨冠龙德克几乎在电光石火间，一头撞
去！

谁也没听到任何破碎的声音，大家只是感觉面前一黑。公鸡
光明赶紧重新点燃被疾风吹灭的鸡毛火把……却哪里还有德克的
影子。

那酒囊或是拱门，也如在梦境一般，恍然散去了。

## 8

大家重新来到室外。

王爷爷却猛然驻足，深沉地望着自家狼狗。

"金虎，事不宜迟，你必须马上赶回狗皮洼！"

当初，王爷爷早已发现了村子日渐散漫，大家因为衣食无
忧，而变得慵懒成性，连世代相传的圣洁犬神都肆意玷污。信仰

流失，道德缺失，人不像人，狗不像狗……唉，为防后患，王爷爷这才给村长留下暗示，只身回到这片祖传家业，建立了狼屯。

"只是没承想，厄运竟会来得如此迅速。"王爷爷继续皱着眉头，给金虎开解，"狼屯的管理经验，想必你已得其精髓，我需要留下来守候标本间。但既然乡亲们有难，我们绝不能袖手旁观，你这就赶紧回村吧，狗皮洼需要你。"

金虎生平第一次对着老头子固执地赌气。

这也难怪，若要求一条狗的社会责任心远远超过对主人的依恋，确实有点儿逆天。

自从重新见到主人的那一刻起，金虎便下定决心，绝不再与他分开。莫说一个狗皮洼，即便全世界都没了，与失去主人相比，统统不值一提。

沉默片刻，金虎开始带着哭腔哀求："爷爷，金虎不想再离开你了，你不知道，离开你的那段日子里，金虎有多痛苦，有多孤独，有多抑郁，金虎是你的狗啊，爷爷，你怎么能忍心再让我们分离，爷爷啊，我不要离开你……"

虽然金虎的上述表白，表演的成分占了主流，但逼真的血泪场面，还是让旁边观摩的一干群众不禁集体动容。

可惜王老汉这次却没娇生惯养，甚至都没过渡，直接粗暴地喝令道："闭嘴，听话！"

金虎总算识趣，见继续纠缠下去必然无益，只好收起满腔的不舍与委屈，垂头丧气地准备行囊去了。

唉，做条好狗容易吗！

金虎临行前夜。

王爷爷知道金虎返村之行险象环生，心中忧虑，还是忍不住与自家狗狗聊到了深夜。

一开始，看到狼狗的颓废神态，老头子先是给对方打了一支强心剂："金虎，你想知道虎妞的下落吗……"

果然奏效，只见金虎浓眉一挑："爷爷，您有她的消息？"

"当时，龙猫十三与卜大夫在鼠王国的胡杨树下发现了她，正好随身有些疗蛇毒的配药，当时虎妞就保住了性命，十三又让随行的狼兵把她带到狼屯，调理了几天，便无大碍了，只是在你们到达前几日，那小妮子嚷着想家，我只好把她送回了狗皮洼……"

金虎果然变得迫不及待。

金虎兴奋之余却忽然想到自己赶回狗皮洼的路程，顿时愁容再起："爷爷，我这一去，在路上要耗去近两个月的时间，只怕回到了村子，为时已晚啊。"

王爷爷却摇头微笑着，胸有成竹。

大家来时的那座枯井，本是狼屯为生活点供水的通道。

先前，狼屯每隔几天都会安排狼兵送一桶水，供路人解渴，但送水的狼兵却不能喝水桶中的水。因为水桶必须密封，一旦打开，就会迅速蒸发，坚持不了多久。所以就要求过客们在饮用水桶中的水时，必须留一小部分把旁边的小密封罐灌满，以供下次来送水的狼兵们饮用，否则他们会中途渴死。结果，人心不古，

小密封罐空干的次数越来越多，渴死在路上的送水狼兵也越来越多，直至供水被迫中断。

但是，后来王爷爷在井底就地掩埋狼尸时，却无意间发现了一个重大秘密！

王爷爷挖到了一条暗流，河的源头一定是千里之外的那座雪峰山，雪水融化后，形成暗河，依次流经狼屯、鼠王国、绵羊岭、狗皮洼，最终到达格林村，而且在那儿冲积出了沙漠中最大的水草湿地。

"如今，格林村附近整体下陷，暗流的终点已是狗皮洼。暗河流速汹涌，我根据与你的脚程对比，推算出，从枯井出发，可在一天一夜内抵达终点。"王爷爷转身安排龙猫取来一支木桶，倒与鼹鼠王国的代步工具大同小异。"这是我当初为自己设计的漂流桶，明天一早，你就可以像虎妞一样，顺流而下，迅速赶回村子了。"

诸事安排妥当，计划也周密可行，再加上对虎妞的牵挂，于公于私，便由不得金虎对狼屯再有半点依恋和犹豫。

金虎钻进木桶时，几个队员哥们倒是个个不舍，各自把手中收藏的宝贝往狼狗怀里塞，包括龙猫拿走的地图、公鸡没有烧完的半根鸡毛、老刺猬被耗子拔下的那条尾刺和兔子王的一小袋苁蓉种子，均被金虎统统笑纳。

送走了金虎，整个狼屯，仿佛又恢复了平静。

但王爷爷又何尝不知，其实每个人的内心，都有一条暗流，在暗自涌动。

# 九、泪王子

## 1

一万年前我就在追逐一棵大树

他遮天蔽日，四季婆娑

我只是他叶尖的一枚露珠

寒了一万年的月色


日子如梭如织

一些绝尘而去，另一些扑面而来

我用一滴泪的痴行偻偻

慢慢穿透相思


一只鹰在树上栖息

天空在观望

所有的土地在呐喊

北风哑口无言

大漠和胡杨在一汪泉水边相敬如宾

烈日和沙尘汗流浃背

一只骆驼驻足

响尾蛇在回忆


我爱这个世界，那么爱

我就那么多的爱

我的心胸狭窄，一万年里

它只能盛得下那一滴大小的眼泪

五千年薄如蝉翼

五千年浩瀚如海

一万年里，我就那么爱

那么那么爱……


德克是被一阵悠扬的歌声给唤醒的，醒来时却发现身边空无一物。自己身上除了那件斗篷披风，也只剩手里的酒囊了。

说实话，这儿的气氛并不让人担心。

德克甚至远远没有面对陌生原野时的那种正常警惕。

德克目所能及之处，一片缥缈，仿佛连脚下的土地都由空气凝聚而成。而这空气中却又似乎弥漫着一些莫名而细微的东西。它们四处荡漾着，令人愉悦。但时时也会带来不适——它们无孔不入，挥之不去。

沉浸其中，德克感觉整个身体正变得通透无遮。

德克开始有些心慌。

恰在这时，唤醒自己的那些歌声又再次响起。不出片刻，周边的雾气便随着欢快的歌声由浓变淡，德克面前终于变得清朗起来。

德克首先看到了一棵树。那是一棵能顶得上一片森林的大树，高耸入云，一望无际，然而并没有风，那树也便像在画里一般，悄然不动。那大树上挤满了很多心形的叶子，阳光照在那些叶子上，竟然闪闪发光。

德克再凝神望去，才发现那些发着光的，不过是些水珠。

那每一片叶子上的每一滴水珠，却又都在一刻不停地盈盈而动，它们毫无章法地从一片叶子滚落到另一片叶子，利用不同的落差，竟然发出不同的声响。刚才德克听到的那些带有清晰歌词的动听的歌，原是如此谱成的。

那些水珠好像随时都包藏着亢奋，音调一高，便总有几滴滑落在树下。

德克又细瞧那树下，竟然有一株灌木一样蓬勃的劲草。德克识得，那是一株极为普通的狗尾草。只是体型比格林村的大了百倍，几乎与自己身形相仿。

那一株大草，就远不如大树消停，虽然没有手脚，却是灵巧无比，像个比赛中的队员，每一滴落下的水珠，都逃不过它舞动的叶片，纷纷被弹回树冠。

德克傻傻看了半天。

的确，没人相信这些嘻嘻哈哈、活泼热闹的家伙，只是些植物和水。

2

德克正在愕然，面前就冒出一群圆溜溜的小肉球来。

它们像些弹珠一样，在沙地上嬉笑蹦跳着，却并看不到有什么腿脚，也没有嘴巴。它们通体如剥了壳的荔枝一般白皙，娇嫩，只是增多了些通透，阳光穿过它们的身体，受了折射，加上它们的蹦跳，这些弹珠竟然如此五光十色。

简直是一群正在跳舞的彩虹蛋。

德克贪婪地捕捉着眼前的美景，下巴早就惊掉了，仿佛连呼吸的力气都没有了。当然，即便有，也舍不得用力。德克实在害怕惊扰了这些美丽的家伙。德克知道这世上越是美好的东西，就越容易稍纵即逝。妈妈就是个例子。

"对不起，打扰一下……"德克还是忍不住开了口。

现场突然倏地一下静了下来，那些彩蛋显然听到了德克的话。但很明显它们并没有耳朵，像没有嘴巴一样。至少德克没有看到。

德克实在顾不上出奇，倒像做了一大件对不起人家的事情，小声小气，歉歉地问道："打扰一下……你们……是叫泪王子吗？"几乎就在德克的话音即将落尽的时候，那些倏地一下静下来的彩虹蛋，就倏地一下没了影子。

德克反思，一定是自己刚才的彬彬有礼并不到位吧？或者笑

过了头，露出了不该露的两颗大尖牙？总之，德克笃定了是自己的过失吓走了对方，就开始扬起头，把面颊晒在毒巴巴的太阳里，罚着自己。

德克更多的是追悔莫及。

这些敏感的家伙，如果真是自己苦苦寻找的泪王子呢，可能就这样白白地错过了。

德克再望向前方时，就看到了一片干干净净的湖。

湖面很小，那些刚才还炙烤着自己的阳光，正密密麻麻地射在这片小小的湖面上，像一只手电筒独自耀着一盏清酒。

湖面上也是一丝风都没有……德克再等了一小会儿，倒有了些蝴蝶，长相奇特却又漂亮极了的那种，德克自然喊不出它们的名字。随后出现在岸边的一小片芦苇，德克倒勉强认识，但旁边陆续出现的那一大片鲜艳的花花草草，自己确又闻所未闻，它们远没有那棵硕大的狗尾草令人一目了然。

随着，竟有几只青蛙模样的，"扑通扑通"跳进湖里，一些光晕就像缎子一样漫延开来，仿佛要舔到德克的双脚了。

德克却不去躲开。

德克此生并未见过青蛙，德克只是在很多书本上读过那些描述。那书中的每一只青蛙，无一例外都被赞述成了至纯至善的化身。人畜无害。

德克正留恋着那些绿色而矫健的身影，就偏偏有一只爬上岸来。

# 3

那无论如何都是一只青蛙了。

除此之外，天底下实在找不出比青蛙更加亲切入骨的语气。

"恐龙先生，我想拜托您一件事情。"小青蛙涩涩地对着德克说，"我想知道那些带有漂亮花纹的蛇，是不是真的有毒。有些和蔼又无毒的蛇其实也是带有漂亮花纹的。奶奶就讲过一次。她说有一条无毒的蛇，从一条有毒的蛇的嘴里救过她的性命，但它们都带有同样漂亮的花纹。"

德克实在不忍心戳破，有没有毒和花纹漂不漂亮，蛇都是青蛙的主要消费者。

德克扭头望去，远处的确有几条细小的长有漂亮花纹的蛇，它们正把眼睛眯成一线，在阳光下笔直地晒着，偶尔翻个身，每个动作都因慵懒而显得笨拙。但德克知道，那些花花绿绿的小家伙，表现的都是假象，这世上很多看上去的漂亮和笨拙，往往都是假象。

它们的恶毒和敏捷可是闻名遐迩。

德克想到刚才被自己吓跑的彩蛋，赶紧把露出的尖牙埋进嘴巴里，携着浓浓的鼻音说："小朋友，你还是离那些自己分不清善恶的动物远一些吧，你的敌人并不全是丑陋的……而丑陋的也未必全是你的敌人。"

恐龙的丑陋想必世人皆知，德克此话的巧妙，便不言而喻。

那只青蛙果然听话，再没去瞧一眼那些花花绿绿的漂亮家

伙。只一味盯着眼前的庞然丑物说，自己是这片湖泊中青蛙家族的王子。

德克听上去并没有多少意外，毕竟自己读过的书本中，青蛙大都是以王子的身份出现的。好像这个群体里根本就不曾配置过什么国王、王后……只光溜溜一只青蛙王子，统领着整个青蛙王国。

"其实，我只是偶尔才做个王子的。"青蛙王子一定以为德克刚才的走神，是对自己炫耀身份的不满，语气便更加谦逊了些，"大部分时间里，我依然是只平凡的青蛙。"

"其实我更喜欢鼓着饱饱的肚皮，仰躺在湿润而空间适宜的井底，望着碗口大的天空，就像天天望不缺边的圆月亮。

"我还喜欢感受那抹匆匆的阳光。只有在那刻，我才会感觉，我们司空见惯的光明原来是如此的弥足珍贵……温暖也是。

"我还喜欢听着自己美妙的蛙鸣渐渐变成鼾声，然后是梦中形态各异的虫草、露珠、田螺、小夜曲……它们总是不邀自来。

"我迷恋着自己做一只普通青蛙的生活，但我依然需要定期做回一次王子的……我需要在漫长的生活中，维持一小段华丽丽的回忆。

"我想以此告示所有围在井沿上的那些人，我虽然落入深井，却并不缺少奢华，你们不用可怜而又同情地瞪着我……"

青蛙王子说到这儿，突然露出了一种奇怪的表情。那种表情成分复杂，并由不得德克仔细辨认，但糅杂其中的那份恐惧，却是显而易见。

德克未及细问，便又听到了那些熟悉的歌声，也再次看到了那些熟悉的身影。

正是德克刚刚吓跑的一群彩蛋。只是这次感觉要比刚才的颜色浓重一些，唱歌的调子也力量一些。它们依然一路蹦跳着过来，待到近前时，竟然一个个玩起了叠罗汉。

它们直到叠成了一只手臂的形状。

德克发现，青蛙王子早早地跃进了湖里。那刚组成的手臂，却并不理会德克，径直杵进湖中，一只大手在水中四处摸索，没一会儿，便有一只青蛙被提出了水面。

德克相信，这些组成手臂的彩蛋，一定是邪恶极了！

它们不是那种损人利己的邪恶，它们邪恶得极不传统——它们齐声高唱着那首明显与爱有关的赞歌，却一边抡圆了胳膊，把手里的活青蛙尽力甩向远方……看得出来，它们从中完全得不到任何需求，它们可能只是单纯地喜欢听青蛙爆裂时，那"叭"的一声响。

德克一生中原谅过许多生灵，只这一群，却憎恨到了极点。

## 4

德克深呼一口气，瞅准那只正高高扬起的手臂，拼尽全力，迎头撞去。

然而那些彩蛋的美丽，毕竟成了德克胸口上的烙印，它们即便像伤疤一样，令德克回忆起来便充满揪心的疼痛，德克还是选择了只使出一半的力气。

德克紧闭双眼，疾速冲刺过去。

德克正违心地等待着那声惊天动地的"咔嚓"巨响，然而仿佛过了几百个世纪，空气中依然只弥漫着歌声……德克慢慢放缓脚步，抬起头来。

德克眼中看到的，依然只是刚才的景象。

德克离那湖水不过一步之遥，奔跑半天，却并未缩短一寸。

德克这才注意到，自己的脚下全是些流动的雾气。任凭如何挣扎，自己都只是一粒悬浮在真空中的灰尘，寸步难移。

那湖里的青蛙估计被摔死得差不多了，德克并不知道那只喜欢坐井观天的青蛙王子是生是死。德克只是在一片悠扬的歌声中大声怒吼着，差点骂娘……等德克操着更加粗劣的话再吼几句，才感觉整个身子正如坠冰窟，颤抖不止。

德克赶紧打开酒囊，仰头灌下几口，体内的血液好歹又一丝一丝地温热起来。

德克只道白鹅大师口中的泪王子是如何善良、纯善、一尘不染，却不曾想当场目睹了如此的一番惨剧。然而德克又岂是迂腐之辈，当即便联想到，泪王子必是受到了黑蟒兵团的玷污，才会有这般惨绝人寰的事情发生。

想到这儿，德克内心才真正惊骇起来。

德克已然中止了怒吼，麻木地望着最后一只青蛙被摔得血肉模糊。

德克几乎要恨透整个世界的时候，忽然听到空中传来一片"呱呱"的叫声！

那叫声，德克却是再熟悉不过了，并不需要等到空中冲下几条黑影，德克已辨出来者是一群乌鸦。那群乌鸦正凌空刺下，如一团利箭扎向了一堆作恶的肉球。乌鸦根本无暇呼应，只顾自张开大嘴，把冲散在水中的肉球一只只啄食了个干净！

德克面对如此的血腥场面，第一次生出了一种痛快的心情。

然而德克并没轻松几秒——当德克看清带头乌鸦的面目时，感觉肺都要气炸了。

德克对存活在沙漠中的乌鸦，一直怀揣着两种截然不同的情愫——爱之深，恨之切。那只名字叫作小鸽子的白脖乌鸦，暂且不多说，与之完全对应的黄嘴金刚鸦，却是被恐龙德克视为生死仇敌的。这只刚才带队惩恶扬善的，恰恰是在《龙立方》中害死小鸽子的罪魁祸首，金刚鸦！

德克刚刚兴起的溢美之情，瞬间土崩瓦解。

德克大嘴里中止的怒吼，也再次破口而出。性急之下，德克已完全不顾体温骤降给自己带来的致命危害。德克并没发泄多久，那些口不择言的漫骂，最终让这条恐龙的血液变得越来越冷，流动越来越慢。时至最后，已几近凝固。

德克在无度的狂躁下，终于失掉了最后一次把酒囊送到嘴边的时机。

那金刚鸦却并不着急，只待德克的声音一波低起一波，这才款款靠了过来。

"你这个恶棍！"德克显然用了全身的力气，听起来却与一只蚊子没什么区别。

金刚鸦似笑非笑，语气也实在不像个恶棍："村长先生，大家都是老朋友了，看在我为格林村成就了一位如此伟大的村长的情分上，你能不能别一见面就像条疯狗一样……"

德克先是狠狠地啐了一口。然后便学着对方似笑非笑的语气："你杀了我最好的朋友，你觉得我会不好意思对你汪汪两声吗？"

"那都过去的老皇历了，再说刚才你也看到了，我是如何的疾恶如仇，我至少同你一样，有一颗善良的心……"

德克再啐一声："我呸……你啥时做的移植……"

"你就别拿老朋友开涮了，我是来帮你的，但你至少得说两句让我开心的话吧，快快，赶紧，把过年的话，多说几句……"

德克这次倒是没啐。

德克省下力气，直接拱了拱手："那我祝您老人家……寿比昙花，福如沟渠！"

## 5

德克眼瞅着那只金刚鸦被气得直翻白眼，心里正乐开了花。却又发现从乌鸦队伍里徐徐飞出一只黑影。

德克忍不住斜了一眼，立马就惊歪了嘴巴。

原来那只金刚鸦的手下，并非全是统一金嘴铁羽的品相。飞落在德克身边的，正是一只白脖子乌鸦，它仅仅与德克对了一个眼神。

小……鸽……子？

德克彻底变成了一座雕像，周身冰凉，只剩喉头咕咕作响。

白脖乌鸦径直上前，从德克僵硬的手中拽出酒囊，就着德克大张的嘴巴，悉数灌了下去！那只恐龙的血液倒是瞬间升了温，但脑子也没承受住大量酒精的冲击。只听闷哼一声，便一头栽倒在了白脖乌鸦的脚边。

"德克哥哥……"小鸽子强忍泪水，口中喃喃自语，一双眼神倒比身上最软的羽毛还要柔软百倍。

等德克悠悠醒来，扭头去瞧那只白脖乌鸦时，对方早已一声不吭，只是学了那只带头乌鸦，似笑非笑。德克哪管对方应不应声，一个劲地牵着小乌鸦的两只翅子问东问西。小乌鸦似乎并不在意那些羽毛的凌乱，自始至终，再无表情。

场面就开始滑稽起来。

正在这时，一只鼹鼠及时从一片绿洲里凛然地钻了出来——那其实只是一小块巴掌大的草皮而已，而且那几棵相依为命的枯草早已憔悴得不成样子，但那寒门出身的鼹鼠却并不气馁，估计嘴巴到嗓子都干得冒青烟了，还不忘拿爪子蘸了舌头，头发到尾巴理顺得光光的，一尘不染。

毕竟，人家是王子。

目前哪怕出现再不靠谱的事情，德克也不会吃惊了。

死而复活的鼹鼠王子，在德克眼里完全顺理成章。当小鼹鼠朝德克热情地打着招呼时，德克只是轻轻点了点头，两只大手都没舍得从乌鸦翅子上挪开，赏给鼹鼠爪子握一握。当然，也不排除，德克实在恶心着对方手上大量残留的唾沫星子。

德克勉强接受了鼹鼠，事情却越发离奇起来。

一只土黄色的蝎子爬了过来，举着两只笨重的钳子，油亮的尾巴在身后肆意蜿蜒。这只蝎子的年龄可并不大，但那张牙舞爪却似乎是天生的。

这不怪它，毕竟蝎子的恶毒也是天生的。

蝎子迅速地爬到青蛙的尸群中，像一台忙碌的挖掘机，把那些摔碎的青蛙一只只撮合、整形，直到全部复原成生前的模样。蝎子便取了一枚树叶，两只钳子仰天兜着，去湖里淘了湖水，淋到一只只的青蛙身上。

每淋一只，那青蛙便复活一只。

蝎子与青蛙！

鼹鼠却没有德克那般淡定，已然好奇地窜了过去。

所有的青蛙也基本复活完毕，那只蝎子却并不邀功，只是用抬起的双螯指了指旁边。刚才还远远晒着太阳的那群花蛇，恰好蜿蜒了过来。鼹鼠发现时，为时已晚，赶紧把每一根毫毛都竖得老高，像一只如临大敌的刺猬。青蛙们毕竟没有什么犀利的行头，只好撇着宽阔的嘴巴摊了摊双手，败下阵来。

德克远远看在眼里，对鼹鼠却并不乐观。德克知道，一旦被花蛇逮住，鼹鼠这些竖着的毛，并救不了他的命，面对有毛的鼹鼠和没毛的青蛙，蛇的食欲和冲动是一样的。

毒蛇果然没有心软，耐心地吞完鼹鼠后，再次把青蛙一只只地干掉……

所有的乌鸦和蝎子，都在冷眼旁观。德克体谅，他们可能并

非这群毒物的对手——当然，自己也决不会让小鸽子再去拿生命
冒险。

想到这儿，德克握乌鸦翅子的手，便越来越用力，用力。

## 6

德克麻木地望着眼前的杀戮，渐渐心如死灰。

那些吃完青蛙的蛇，竟然集体抬起身子，也朝着德克似笑非
笑。

又是似笑非笑！德克正一头雾水，那些花花绿绿的蛇身子，
竟哗啦啦地散了一地，变成了一堆与先前一模一样的彩蛋。德克
再看四周，刚才的乌鸦也早已不见踪影，地上倒又多了一堆彩
蛋。

德克实在搞不清这些美丽的肉球到底是何底细，所以干脆一
动不动，任由对方蹦蹦跳跳，聚在一起。好在这次倒稳重了许
多，不但没有唱歌，而且聚在一起后，便再没分开，只是摊鸡蛋
一般，集体滩涂在一块巨大的砾石上。

可惜了那块砾石，受此污染，实在像极了一只色彩斑斓的大
乌龟。

德克觉得可笑，那块砾石却没由他及时笑出声来。

那块砾石……确实变作了一只色彩斑斓的大乌龟！

乌龟行动缓慢，德克倒不意外。只是德克一肚子鼓鼓胀胀的
疑问，实在受不了对方的磨蹭，德克一个箭步迎了过去。

"大师，骨冠龙德克讨扰……"德克虽并不确定对方的身

份，但往往越是行动缓慢的动物，越是高深莫测，轻视不得。

乌龟的声音醇如洪钟，果然不凡："骨冠龙……终于来了个有脑子的……"

德克的确猜不透对方话中所指，所以并未接茬，只一心期盼着对方多说几句。

乌龟倒不客气："你们天生一副强壮的头骨，可不是让你们打架用的。这是上天要保护你们的脑子，然后一代代地进化，一代代地发达，都几亿年了，你们早该处于全世界的智慧之巅了……"

乌龟说到这儿，貌似轻轻地叹了一口气。

"生生息息，漫长光阴，你们却如此出息。一代一代，天天端着一身正气，动不动以道德、正义、光明自居，动不动就要置邪恶、黑暗、欲望于死地，而且以此为由，好斗成性、乐于争强，年年搞得民不聊生、战火纷飞！我说德克大英雄，你们这群所谓的正义之士，搞了这么多年道德垄断，不累吗？"

德克毕竟有些自尊，听到毕生的成就竟被一只乌龟批得体无完肤，哪还沉得住气。只是尽量克制下，倒没翻脸："大师，您的意思，这世上的邪恶就任由他去？那些善良的居民所面临的危险，我们就不管不顾吗？"

乌龟倒不在意对方的愠怒："把你认为的邪恶，且说来听听。"

"比如刚才……"德克正要指向蛇吞青蛙的地方，忽然意识到那些家伙全都变成了龟壳，却又不好直接戳对方的脊梁，只好把食指竖在跟前，晃动了几下，"刚才，那些邪恶的毒蛇，那么可爱而正义的青蛙，竟被它们全部吃光了……"

"蛇就一定是邪恶的吗？"乌龟并没有直接解释什么，而是反问了几句，"青蛙就一定是正义的吗？你久居沙漠，你认为沙漠里所有的邪恶和正义，都与生灵有关吗？"

乌龟并不等德克回答。

"如果一只青蛙，它的心里天天像虫子一般，爬满了仇恨、恶毒与猜忌，它还是正义的化身吗？来到这儿的青蛙，每一只都是受过诅咒的，它们生前一定是恶贯满盈，血债累累。它们是寻求解脱来了，它们只有不断地净化自己，才能重返世间。"

"再说说你心中的邪恶，那只摔打青蛙的大手，可以把青蛙体内的污秽完全甩净。那些啄食大手的乌鸦，却不是什么见义勇为，它们是来捣乱的。那只蝎子，也不是救死扶伤，它们都是一心想阻止青蛙解咒的。而那些毒蛇，只是为了化解蝎子给青蛙们喂下的毒药……你还分得清谁是邪恶，谁是正义吗？"

德克自然又想到他的小鸽子："大师，这些，都是真实的……"

乌龟大嘴一张，完全一副幸灾乐祸的模样："当然不是，全是虚化给你看的，包括你的小鸽子、小鼹鼠……包括这些虫虫草草、花花木木。"

乌龟说完，抬手一挥，一阵狂风袭来，德克眼前果然焕然一空。什么大树、花草、芦苇、蝴蝶……统统变成了风沙。只有那一潭湖水还在，然而这样的小水湖，在这片沙漠里并不陌生。尤

其在大龙城的村落里，几乎随处可见。

所有的神奇，已荡然无存。

## 7

乌龟有个传奇的名字，叫作泪王子。

无论泪王子是只什么，它已然是这只骨冠龙执着的偶像。

德克深埋在内心的激动，正随着他的语无伦次和筛子一样的嘴唇暴露无遗。德克的确从未想象过这片沙漠里的头号神灵会从传说中凌空而降，伴着自己聊了半天。白鹅大师那日给自己的耳语，也只是交代了通道的秘密和一句"随缘"。

德克心中的坑坑洼洼，一下子就变得平坦起来。连沙漠里最虐人的风沙，仿佛都温柔了太多，刮在脸上软麻麻的，像些花絮。

接下来，便全是些大晴天。

对于德克来说，天气晴朗的日子，心情就会无端端地好起来，一下子就忘掉了所有的不快和那些给自己带来不快的人。眼睛里满是阳光，真是舒服极了。

德克恨不得把身体的每一寸，都像这阳光般铺洒在脚下的土地上，然后若有撮青草就完美了，可以只拿来垫着下巴，却并不去啃食……乌龟——噢，泪王子大师，每次告诉德克一些处世的道理，基本都是在这条恐龙心情最为惬意的时候。

此时，大师正说到黑夜。

"憎恶黑夜，并不会为你带来更多的白昼，这个世界向来黑白分明。道理像呼吸一样简单啊，面前有阴影的时候，背后一定有光……"

实话实说，类似的心灵鸡汤，德克喝了足有大半月了，依然并不反胃。大师绝对不是个喜欢啰唆的人，德克想，否则他何必去化身一只乌龟。

德克以前想到这儿，也曾经冒昧，问过对方泪王子的由来。

德克是这样迂回的："大师，您被尊称为泪王子，您真的是由眼泪修炼成的王子吗？"

大师每次都不会去急于回答德克的疑问。德克听他先是嘟囔了一句："这座沙漠里不但缺水，还缺眼泪。"当时大师正在笨拙地翻弄一本厚书，说完这句，却抬头反问德克："你读过书吗？"

德克读书并不在少数，只是讨厌炫耀。德克从小就挺瞧不上那些张口闭口"锄禾当午""更上层楼""人之初""鹅鹅鹅"的孩子。现在乌龟猛然问起，德克自然习惯性地摇摇脑袋。却不曾想，这就引发了大师的不满。

虽然乌龟只是把声调提了一度，把语速加快了半拍，但那显然是因不满引起的。

"你怎么可以不读书呢？怪不得会问出那么幼稚的问题。"老乌龟手中原是本古老的字典，只见他伸手一指，"这个字念泪，眼泪的泪……"

德克心中暗笑，这个我何尝不识，我还认识眼泪的眼呢。

"眼泪代表什么？代表情感！"大师只顾自问自答，完全

没注意弟子的开小差，"这是个王字，王者威武的王，代表能力！"

大师最终翻到了"子"，这才认认真真地抬头望着德克："你可知，子为何物？"

德克由衷地摇摇头——这次并非谦虚，以这只恐龙目前的学识，确实不知。

乌龟大师把字典一合，身体长起，背向德克，幽幽说道："子者，意义却非只言片语所能涵盖。大者为子，小者为子，高者为子，低者为子，长者为子，幼者为子，贵者为子，贱者为子，彼者为子，此者为子，正者为子，邪者为子，真者为子，伪者为子，德者为子，劣者为子……子为万物啊……心若容子，何难容天下……"

德克猜测，所谓的泪王子，并非什么眼泪修炼成的王子。

那可能只是这只乌龟美好的向往。

德克没错，乌龟大师毕生心愿，便是向往着教化出一种崭新的物种。他们要集天下的情感、能力、包容于一身，他们要一辈比一辈地善良、勤奋并对自然万物心存敬畏，他们才能与这片土地融为一体，才能像当年的恐龙一样，繁衍茂盛，泽被四方。

泪王子，原是存于这个世间的一切健康乐观、积极向上、气度如海的动力和情感的集合。

德克一时间错愕万分，用心思考了起来。

乌龟的背影渐渐远去，那些呢喃之声，却回荡在空气中，经久不衰。

# 十、乌龟的心愿

## 1

唠叨总不是件令人愉悦的事情。

时间一长，德克对乌龟从早到晚的唠叨，还是生了厌烦。更别提什么偶像心结和一开始遗留下的那点激动了。好在最近，乌龟大师显得很沉闷。

或许乌龟天生就该沉闷，寡言少语。

但是今天，德克感觉大师连翻眼皮都显出了很卖力气的样子，就捉摸着乌龟的身体可能有些不对头。"大师，您感觉哪儿不舒服吗？"

乌龟干脆闭着眼睛回话："你不知道乌龟也是冷血动物吗？天气越来越冷了，我真怀念当年可以安心冬眠的那些日子……"

德克知道乌龟一定是在说笑。连自己这等货色都无须冬眠了，如此高深莫测的大师级神物，怕是天生都不会避讳什么四季更替吧——没听说白素贞还惦记过天气预报。

"你错了……"乌龟俨然揣摩到了德克的心理，"再神奇的动物都是来于大自然，再高强的法力也不可逆天行事，自然规律，万不可违……即便我们修了些本事，不需要冬眠也可以过冬，我们依然要遵循冬藏的祖训……"

乌龟提到的"冬藏"，德克是读过的，但那书中的"春耕、夏耘、秋收、冬藏，四者不失时，故五谷不绝"之说，不是净教授些庄户人家的种植之术吗？

怎么会与乌龟扯上关系。

不过经乌龟如此提醒，德克竟也感觉有些凉意，不由倒吸了几口冷气。

德克正要去摸酒囊，却听乌龟叱道："你也就这般出息了，血液一冷就用烈酒来缓解，那白鹅真是越老越糊涂，净教人要些小聪明，坏了这自然界的规矩！"

德克赶紧松开酒囊，有心为白鹅老师辩解几句，却实在无从说起。

德克久担村长之职，调节气氛的本事还是有的，至少马屁信手拈来："大师英明，我这就把酒戒掉，从此远离酒囊——大师，我看您虽然不善运动，但想必每年的冬季都过得从容。以您现在的功力自然毫无疑问，但您在小的时候，是如何过冬的？我是说，在您很小很小……很小的时候……"

德克说到"很小很小的时候"，语气极其隆重，还拿两只爪子不停地比画，恨不得直接戳破，就是对方还是一枚鳖蛋的时候。

乌龟果然来了精神，至少眼睛睁得跟平常一般大小了。

天下的老师都这通病，就盼着学生不耻下问。

"德克，我告诉你，我小时候，在冬天里，也经常感觉身体里的血液会像冰一样的冷，我却不去喝酒。我知道那是我自身的原因，并不与外界有关，我只是仰起头，朝着有阳光的方向，拼命地奔跑、攀爬、跳跃……什么都阻挡不了我，直到我的冰冷的手脚像我呼出的气息一样，渐渐变得温热……直到被寒风刮下的眼泪都有了些烫嘴……"

乌龟一边说着，手脚也像在水中游泳一样上下翻扑，做着各类夸张的动作。

这是德克有生以来，第二次听到乌龟居然与剧烈运动有关。

第一次是龟兔赛跑。

然而这次，德克却并没感觉好笑。德克突然对面前的大师生出了一份浓浓的敬佩和愧疚。乌龟曾经说到自己的长生不老，说到自己从恐龙时代开始，就生活在这片土地上，亿万年间，他的生活如此枯燥、乏味，而他的生命力却又如此坚韧绝伦，他对这片土地莫名地热爱和付出，说来却毫无由头。

德克突然想哭。

在此之前，德克从不相信什么无私，什么奉献，什么泽及苍生。

德克一直感觉，沙漠里没有那么多温情。这儿是沙漠，这儿没有哪个生命会感激你的悲悯。他们只是一心想比别人过得快乐。他们不但像沙子一样风餐露宿，忍饥挨冻，一文不值……还像沙子一样，每一粒都冷漠得要命。

他们感觉保持这种冷漠，比活着都重要。

"沙漠里，只是沙子多。"乌龟并没由着德克继续怆然反省下去，"这块土地上的温情和冷漠，与外界没什么两样，都是对半……"

德克却并不受此鼓舞："大师，我从没走出过沙漠，但我想那些外界，至少有很多比沙漠里更好走的道路吧，我们选择的这条路，沙漠里的路，实在太难走了。"

"傻孩子，这世上哪有什么好走的路。"老乌龟用力拍了拍德克粗壮的大腿。"无论你选择了哪条路，踏上之后，就不要回头了。你要相信，你后悔没有选择的那一条路，同样难走。噢，或者更难走。"

德克隐隐觉得，乌龟大师安慰自己而说出的每一句话，好像都包含了很深很深的道理。

但德克的心情依然没有迅速地改善。

德克知道，再美味的鸡汤，也需要一口一口地喝进肚子里，慢慢消化掉才行。而不是像膏药一样粘在皮肤上。

## 2

今天，德克感觉累极了。

一大早就没发现乌龟大师的影子，德克围着小湖转了十几圈，也没找到。平常，那只乌龟可是对这潭子湖水一步不离的。

德克正坐在湖边一棵干枯的胡杨树下休息。

一些自在的风吹在胡杨的枝干上，德克仿佛看到了妈妈的身影。若真是妈妈该有多好。只要她不去搂着自己止不住地流泪，德克就一定会饱饱地看上她一会儿。

那该有多好。

德克正想到这儿，忽然感觉身后有人，扭头瞧去，正是乌龟。

"我们这一生，要放弃很多东西……"乌龟若无其事地爬到水边，安静地洗着手上的沙尘，"当然，其中一部分是为了自己，一部分是为了别人……但为了别人的那一部分，是绝大部分。"

乌龟说话的语速，并不比自己走路的速度快多少。说完这些，他已返回到德克身边。

德克早已习惯了乌龟的这些陈词腔调，却并不接话："大师，刚才您去哪了？我到处找不到您……"

"哦，春天快要来了，我去种了一些花果的种子。"

在沙漠里种花果种子？

德克即便不说什么，那些怪异的眼神却是掩藏不住的。

"谁说沙漠里不能种花果种子？"乌龟四仰八叉地在德克身边坐下，开着衣襟，拿一片残缺的贝壳扇着下巴，像一个地道的老农，"在沙漠里，我们虽然看不到多少种子能够开花结果，但你要记住，当一粒种子埋进土壤，除了会开花和结一些果子，它还会生长。"

德克忽然想到自己的格林村，那些水塘边上，倒是不缺些花草水果的，尤其白鹅老师的栗园，那更是花果遍地。

"大师，这儿也一样有着小水湖，那水湖岸边总会生出些树木花草啊，却为何总是光秃秃的？"

"你还记得刚来的时候吗？"乌龟的心灵仿佛受了莫大的冲击，手中的贝壳猛摇几下。"当时，你看到的所有的幻象，其实都是这儿发生过，都是些真实存在过的记忆。"

原来，这片沙漠虽常年无雨，但在百里之外，却有一座雪峰山。

那山峰海拔极高，人迹罕至，吹来的水汽也自然干净。现在湖边的位置原本正有一棵团花树，那团花树的树龄却无从考究，应是些开天辟地的神人们所栽种。树冠庞大，吹来的水汽便受到汇聚，形成露珠，日久天长，积少成多，竟渐渐在树下形成了一座湖泊。

一开始，居民们只是发现，这儿的湖水天生有一种净化功能，身体上的任何污秽只需入湖稍加清洗，便会洁净如初。后来，大家又发现，再邪恶狠毒的动物，只要丢进湖里，上岸之后，会立马变得温顺和善。

这方居民，能想到的最高端的溢美之词，可能就是"王子"了。

这座默默无名的露水湖，也就有了"王子湖"的美誉。

然而好景不长，毕竟需要进王子湖净化的败类层出不穷，而王子湖每净化一次，水位就会下降一些，团花树的叶子也要落下几片。居民们就开始讨论，保护王子湖重要，还是挽救恶棍重

要……后来，大家终于达成一致意见，靠洗澡是洗不完天下的混蛋的！

我们要捍卫王子湖的纯洁！

好心的居民，最终自发地组成了军队，手握利器，重兵把守在王子湖周围——因为他们在树干上写了多次的"水深危险，请勿洗澡"，都作用不大。

而那些豺狼虎豹，洗心革面的决心和毅力也是石破天惊。

小规模的争吵和劝阻，终于发展成了大规模的血腥杀戮，那一刻，再也分不清什么善良和暴戾，什么正义和邪恶，什么纯洁和污秽……到处只有沙尘、惨叫和鲜血。也就在那一刻，王子湖竟像一只眼睛一样，紧紧地合了起来，团花树也像要折断世间的欲望一样，折断了自己的躯干。

一场狂风卷过，现场的一切生灵，全部化作了沙砾。

世间再无王子湖。

## 3

当年，我只是王子湖底的一只小乌龟。

王子湖把自己散尽在沙漠的时候，我的手中正好有一只父亲喝酒的空皮囊。

我眼看着湖水迅速消逝，我当时只是想解决一下自己近期的饮水问题。赶紧拧开囊塞，灌满了湖水。几乎就在同时，我眼中的一切都被飓风吹得无影无踪。刚才还有的那些水榭蛙鸣，全变成了沙子。

我不禁抱着酒囊哭了起来。

我想一定是我的眼泪落进了盛有湖水的皮囊里。那些纯净的湖水受了污染，才在里面像些蜂子一样嗡嗡作怪。

我也实在像捅了马蜂窝一样吓得浑身哆嗦，一把将皮囊甩了出去。

那皮囊里的湖水却不消停，自空中倾泻而下，且源源不绝，直到汇成了一座新的小水湖，这才罢休。但我的心还是放得早了些，我刚去水边想捡回父亲的空酒囊，竟从湖水里蹦出一群彩色的小肉球来。

它们与一般的弹珠并无二异，只是色彩鲜艳，而且会集体发音。

它们自称是我的眼泪，被王子湖给净化了。它们还自我命名"泪王子"。

它们顽皮，不客气地讲也叫缺乏教养，水边能生花草的地方全被它们践踏成了不毛之地，它们的言行也经常令我颜面扫地。它们的确可以变化无常，但总不至于四处吹嘘自己神通广大吧，有一次甚至说能够让人起死回生……啧啧，不堪入耳啊！

流出这样的眼泪，我只想一死了之，对一只厚道的乌龟来说，毕竟失节事大。

我这才知道，目前找死是件多么遥不可及的事情。

这群家伙每次都能让我复活！

我终于慢慢接受了自己长生不老而又生不如死的现实。

当然，沙漠里的日子虽然贫瘠，但也并非一无所有。这要看

你是个无聊的人，还是充满激情——我知道王子湖自我封闭的时候，已然把这片区域顺手与世隔绝了。但我相信，再严密的围墙，也是留有通道的。我至少要与外界取得联系，我要让这群泪王子造福于世，省得整天在这儿跟我玩复活游戏。

我要证明，我流下的每一滴眼泪，都物有所值。

出口，出口，出口……我首先就注意到了那只同样被王子湖净化过的酒囊。因为我所有的家当中，唯一有"口"的就是这只皮囊。那群急着出关的泪王子，倒是比我操心，早早抬着皮囊滚到我面前，连通关口令都替我拟好了——我以泪王子的名义，允你通关！

切！欺负我读书少是吧？还能不能再俗点！

"我以泪王子的名义，允你通关！"呃……我感觉自己至少比那群坏小子念得有气势，更加抑扬顿挫。

然而足足念了几十遍，那皮囊口却依然黑咕隆咚，悄无声息。

这活儿太耗口水了，我赶紧先去湖边润润嗓子，就听见身后传来一阵撕心裂肺的求饶。我奋力穿过一片纷飞的鹅毛，近前一瞅，原是那群泪王子组成的大手，正紧紧攥着一只白鹅的脖子——这群小子实在是热情过度了。

缘分呐！

我一点一点帮白鹅梳理着羽毛，白鹅也惊魂稍定。

我先费了点口舌，让他相信我绝不是个家禽贩子。又费了点口舌，让他相信我不是个疯子。待说到复活的话题，无论再费多少口舌，他都坚信我是个江湖骗子。

"弄死他！"天色已晚，我的耐心也被榨得一干二净，一声令下，唤来彩蛋。

等被扭断脖子的白鹅徐徐睁开眼睛，我自信而轻柔地上前，慰问："白鹅先生，您现在相信我说的复活了吗……"

"老王八，别扯什么复活的鬼话，我只相信我死了！赶紧告诉我，这是地狱还是天堂！"

唉，施主既然如此决绝，那只好……算了，再弄死！

并不是每种动物都像泪王子一样，喜欢死去活来地玩刺激。几轮鬼门关下来，白鹅哪还敢嘴硬，只是忙着朝我频频点头。通过大量临床试验，人家对这门复活技术显然已经毫无质疑……那就好。

利用白鹅，我们复活了沙漠里品德高尚的各种生灵。

亿万年来，一直相安无事。

只是最近才出的异常。

回王子湖净化的泪王子越来越少了。那些嵌进生灵肉体维持他们生命的泪王子，在主体衰亡后，务必回到王子湖进行净化，再行出关。否则，泪王子本身常年身处世俗，日积月累，难免受些欲望攻心，一旦失了本性，为邪恶之徒所控，便很容易堕落成一枚为祸世间的恶灵。长此以往，邪恶陡涨，世间长生之士，必成了些茹毛饮血、恃强凌弱之辈！

我便有些担忧。

我担忧外界那些本性善良的生灵，对泪王子过分依赖，总有

一天会影响他们自然心性的进化，而沦为一具具木偶傀儡，行尸走肉。

我一次一次地从这样的噩梦里醒来。

彻夜不眠。

## 4

明明是个初春，雪花却飘了起来。

当雪花飘起来的时候，德克和他的小伙伴们高兴极了。大家相互跳着叫着，像疯了一样。尤其那些泪王子，简直把整个身体瞪成了一只惊奇的大眼睛。他们并不在乎这是不是个应该下雪的季节，它们实在没见过如此像样的一场雪。那一片片的，蹁跹而下动辄给自己燥热的身体带来丝丝清凉的大雪花，它们实在没有见过。

都没想过。

德克正想找到老乌龟与大家一起庆贺，却又不见了他老人家的身影。

这次，德克只寻到了生过那棵团花树的地方，便看到了他。乌龟不知何时披了德克的斗篷，把自己的背影搞得像个功成名就的老巫婆。

德克蹑手蹑脚地走了过去，却听到乌龟正在自言自语："这棵团花树，生长起来疯得要命，只是特别害怕干旱。一旦缺了水分，浇再多次也挽救不了，反而会加速腐烂。当年，我如果能够救活它，它该长成一座山了……"

德克并没作声，只是在大雪中矗立在乌龟身后。

"骨冠龙……"乌龟并没回头，却直接问向德克，"你渴望长生不老吗？"

德克毕竟年纪轻轻，对生死之事并未认真考虑过，现在经乌龟一问，竟然吱吱呜呜不知如何作答，最后干脆反问一句："大师，死亡是什么？"

乌龟轻叹一声："死亡……怎么说呢，那其实是件再自然不过的事情了，说起来很容易理解，呃……你走累了的时候，总会想到休息吧？那就是死亡。"

德克正在回忆走累了是种什么感觉，乌龟便回转了过来，一改往日的庄重，咧嘴一笑，德克从未见过大师有过如此可爱的表情，正自惊奇，老头子却更加调皮起来："德克，你知道我在来生，最想变成什么吗？我要变成一枚大药丸子，等待有人来开水送服。或者毒死他，或者治好他的病。"

乌龟说完便哈哈大笑起来，德克也跟着乐开了花。

在一起的日子里，这只老乌龟，一天到晚只知道一本正经地给自己灌鸡汤，整得自己晚上梦到鸡叫都要恶心半宿。现在却又手把手地教自己如何颓废……

"骨冠龙，过去，你是不是特别厌烦老乌龟的说教？"

德克故意认真想了半天，才笑着回答："在我这一生中，大师苦口婆心的功力，直逼探花……状元是我妈。"

这一老一少便又一起哈哈大笑起来，仿佛在顷刻之间参透了什么，他们的生命仿佛从这刻才开始延伸。在此之前，它们仿佛

一直在枯萎……

"想妈妈了吧？"乌龟眼瞅着德克的泪水都笑出来了，"我可以把你送回去，但你要做好心理准备。其实我们生存的空间，都是两面的，像一张扑克，随时翻转，你以前熟悉的一切，可能都不复存在了，你可能要面对一个完全陌生的家乡。"

德克已彻底收敛起笑容："大师，整个大龙城都被那条黑蟒霸占了吗？现在满大街都是些骨头架子了吗？我的亲人和村民们都要长眠于地下了吗？"

乌龟重新扭转了一下身体，背向德克："骨冠龙，你要相信，大自然不可欺。你们的家乡未来变成什么样子，不是你们决定的，也不是那些邪恶决定的，大自然留下谁，留下什么，自有它的道理。永远不要去对抗大自然的选择，即便它的选择让你过得不那么如意，甚至生不如死……永远不要去对抗它。"

德克的心一下子就沉了下去。

德克只是在翻江倒海地担心着自己的妈妈，担心着小鸽子、大白鹅、兔子王、龙猫、公鸡、肥猪……他们的声音总在自己的耳朵里琅琅作响。

"大师，请送我回家吧……"

"嗯，不过你的斗篷很漂亮，我特别喜欢，能送给我吗？当然，我也可以答应送你一件东西，你喜欢什么，可以带走。"

"大师，我要带走所有的泪王子，我的那些村民，无论如何，我要救活他们。"

其实，德克还要让泪王子变作一只大手，攥紧那条黑蟒的脖子，让它死去活来。

德克要消灭沙漠里的一切邪恶，永绝后患。

## 5

德克真的要走了。

德克已经把所有的泪王子装进了酒囊中，那只乌龟一定是提前洞察了德克的心思，这才讨要下斗篷披风。否则，那些失去了五颜六色的龟壳花纹，实在是丑陋极了。

这次的离别并不怎么令人伤心。

德克感觉与这只大乌龟结识了不过三五个昼夜，即便交流起来投机，王八对绿豆，但相处的日子实在太短了。又都慢热。

德克走出了十几步，举起一只胳膊，左右晃了晃，头都没回。德克听到乌龟在身后大笑了几口，笑声难听极了，显得很不礼貌……却像个认识了多年的老熟人。

太阳刚刚跳上地平线，一些薄雾来不及散尽，像些梦中的碎彩虹一样，四处氤氲着，虽也时时流动，但清晨的风毕竟起得晚，一切看起来就懒洋洋的。

德克油然生了许多不舍，但依然不去回头，任由乌龟难听地笑着……

再走几步，德克的眼泪还是莫名其妙地流了下来。

德克感觉身后的老乌龟，像只掉净了毛的老乌鸦。

德克听着那些笑声，感觉越来越像些孤零零的哭泣。

# 十一、大龙城

## 1

德克听到有人说自己睡了很久。

德克其实是醉了很久，他醒来的时候，手里正攥着一只酒囊。

德克睁开眼睛，首先看到了一间大屋子，一间大床，床前一大群人，一群……人！

德克差点从那张大床上跌了下去。德克从来没见过这些衣着奇怪的人，一个都不认识。其中一个上了年纪的女人扑了上来："儿子，你醒了，你可醒了，儿子，以后不许再喝那么多酒了……"

这个声音德克实在是熟悉得要命，那正是妈妈的声音。但自己的妈妈不是一条母狗吗？怎么就变成一个真真切切的老年妇女了？但德克立马就相信了这正是自己的妈妈，虽然身体起了变化，但她的眼神和笑容依然那么普照四方。

一个白白净净的青年男子似乎也在激动："德克，吓死兄弟了，你都醉了三天三夜……"

"兔子？"德克一听便是兔子王的声音。

"兄弟，大家都不是小屁孩了，能不能别再叫我的外号了，我属兔就叫我兔子，那你属龙我也要叫你恐龙了！"兔子佯怒。

"小白，别啰唆了，兄弟没事就好！"是公鸡光明，一个帅气的大男孩。

"就是，就是！你们怕是叫我肥猪叫得，连我本名都忘记了吧……"肥猪大篷，一个胖小伙子。

"谁让你们天生属相不争气，像我属虎不就行了，小虎子，我喜欢！"是龙猫一样玲珑的小矮个儿。旁边跟着笑的一定是鼹鼠，他有着与鼹鼠一模一样的两颗门牙。

德克妈见儿子身体无恙，便各个拍了一下小脑袋："好好好，你们个个都属相高贵，就这我个属狗的老太婆命苦，去给你们这些小祖宗做饭，中午都在这儿吃啊！"

大家齐刷刷笑着道个万福："狗妈吉祥！"

"德克哥！德克哥！"屋外突然窜进来一个小丫头，一袭黑衣，未及跑到德克身边，便哇哇地哭了起来，"德克哥，你要教训一下马小枣那个坏小子，他又说我没有腰。他瞎啊，这么粗的腰都看不见！"

德克定定地盯着这只"小乌鸦"，看个不停，待对方稍稍收了眼泪，这才问道："丫头，你属什么的？"德克实在想知道，老天爷是如何安排小鸽子的属相，总不能属乌鸦吧。

"德克哥，你傻了，咱俩差九岁，我当然属牛了！"

属牛……德克记起那世小鸽子临终前的"也不恨牛"，不由得会心一笑。

这时，龙猫小子却大叫了一声："德克，下午你还要进行竞选大龙城的城主呢，大家赶紧帮忙准备一下！"

竞选？城主……

## 2

当年，德克从没照过镜子。

不照镜子并不是德克害怕自己有多丑。德克知道在沙漠里长得丑并不算什么。你若头顶光环，便没人在意你的脸。现在往镜子里一瞧，自己实在丑得有点离谱。

镜子里的脸面倒也是一副正儿八经的男人模样，却实在有点对不起"人"这个字眼。一片硕大的额头，一个硕大的鼻子，一张硕大的嘴巴，一双绿豆小眼和一副鞋拔子长脸，几乎看不到耳朵。

哥儿们一定先是难产三天三夜，后又脸先着的地呗。

德克草草洗漱一翻，在镜子前默哀了几分钟，这才与大伙一起吃着妈妈端上来的手擀面。德克的碗里多了两个鸡蛋。妈妈说是为了让德克在下午的竞选中得个好成绩。

大龙城，我们并不陌生，辖下的格林村、狗皮洼、鼹鼠王国、猫头寨、鹰嘴崖、绵羊岭，包括后来的狼屯，前面也有所交代。只是现在其他村落也同德克的格林村一样，村民全变成了清一色的人类。

大龙城每三年都要搞一次城主竞选，从各个村的村长中，推举一位德才兼备的人，统领和协调大龙城各村落之间的事务，结果年初上刚刚胜选的绵羊岭的杨大叔，前几天坐滑草车出行时遇了车祸，伤到了腰椎，怕是一时半会儿起不了床，便放出口风让大家重新选出一位城主，以防乱了大龙城的秩序。

当初杨大叔在所有村长中因为辈分最高，胜出当之无愧。然而现在剩下的这些年轻一代，年龄大都与德克不相上下，各个村子也都搞得红红火火，成就不分伯仲，概率平均。所以个个候选人都在一扫往届消极，摩拳擦掌，跃跃欲试。

格林村是个大村，村长德克的胜算自然略高一筹，几个谋士的责任也就多了几分。

"温饱！"大篷借着盛第二碗面的空当，嘴巴得闲，赶紧表态："村长若把温饱问题给大家解决了，大家一定拥护你，咱村子生活倒是宽裕，你看看那狗皮洼和猫头寨，实在太穷了，个个瘦得跟剔了骨似的，家家那个吝啬，恨不得老婆孩子都是太阳能做的……"

可惜，面条一到，胖小子的嘴巴就忙不过来了。

小鸽子现在虽贵为人类少女，脖子却没改进，改不掉一开口就摇头晃脑袋的老毛病。家长只好一年四季给她套个白色围脖："德克哥，一定要提高妇女地位，要把马小枣那小子树立成个反面典型，呼吁尊重女性，从娃娃抓起！"

龙猫饭量小，话也不多："我倒觉得，修路是关键。"

在沙漠中修路？德克觉得龙猫的点子有些新奇，便抬头鼓励他说得详细些。

"现在的滑草车的确先进，但是，用于行驶的草道却没有几条，偌大一片草原，不但容易迷路，还容易发生碰撞，连新当选的杨城主都不能幸免……"

什么偌大一片草原？大龙城不是沙漠腹地吗？

德克心中疑虑顿起，赶紧起身快步冲出了屋外。

一大片草绿，迎头压了过来！

德克差点晕眩过去。草原！德克从未见过如此曼妙的草原，放眼望去，只是绿，漫无边际的绿，眼睛再找不到一线杂色，整片草原干净得像被水洗过一样。而且安静，只是偶尔才有一丝风，夹杂着一些虫子的鸣叫，除此之外，万籁俱寂。

德克几乎爱死了面前这片温软有致的草地。直想一头钻进去……整个人都被这久违的绿色化掉。这时，天空却轰隆隆响起了雷声。

轰隆了没几声，天空就漏成了筛子，瀑布般落下一场大雨来。

这在德克的记忆里是绝无仅有的，德克的每一寸皮肤都猝不及防，只在雨水的击打中繁忙地一张一弛，每一根神经都在紧张得嘣嘣乱跳。空中的雨水仿佛也受了感染，哗啦啦砸得更响。眨眼间，整片草原都跟着湿漉漉地欢快起来。

"村长……因天气原因……竞选大会拖到明天……"哥几个躲在屋子里朝着雨中的德克齐声疾呼。却并无一人跑来为德克遮雨，他们明显看到了德克的雀跃，听到了他的欢叫，他们捉摸不透，德克为什么会对一场司空见惯的暴雨欣喜若狂。但作为朋友，没有什么比看到彼此的快乐而更加重要的了。

即使那些快乐来得莫名其妙。

## 3

大雨持续了很长一段时间。

德克整个下午都像一只晒足了阳光的知了，跑着，跳着，或找个牢固的树杈，骑在上面唱自己会唱的所有的歌，声音还大得出奇，竟然震出了眼底的一些泪水。德克忽然感觉自己所有的痛苦一文不值，也就不打算再去沿街叫卖。

德克决定放下那些作为恐龙的记忆。放下那些凉薄的幸福和痛苦。

德克要去做一个堂堂正正的人。

草原上，慢慢斜下去的阳光正变得越来越温柔，一轮若有若无的月影在地平线上的彩云里迫不及待，探头探脑。一只乌鸦疾速飞过，像这个安然的黄昏一样悄无声息。过不了多久，月亮就高高地挂了起来，几颗星星也挤了上来。

就再没有乌鸦或其他的东西飞过……

夜是彻底地来了。

德克终于感受到了乌龟所提到的劳累。德克就一头扑在离地面很近很近的草皮上，听着自己粗粗地吸完嘴巴边的空气又浊浊地吐出来。任凭自己像条奔跑完的老狗一样，劳累着。

这个男人真的像狗一样吐着鲜红鲜红的一条舌头，拿两只血丝眼睛痴痴地望着夜空。

德克的眼睛就一直望着夜空，眨也不眨。

德克并非有多喜欢数星星，他只是习惯了在黑暗中寻找光明。

## 4

大家好歹把村长拽回屋子。

夜深人静，实在适合德克认真准备一下明天的竞选……德克却只用来温柔地品酒，喝茶，失眠，哼摇篮曲，一丝不苟地帮妈妈准备第二天的早餐……大家就怀疑，这家伙不会视前程如粪土了吧。

十有八九。

## 5

高高的演讲台下，人山人海。

"别哆嗦！"龙猫用力推了德克一把，"连失败都不怕，你害怕什么成功！好好演讲。"

"我……可我并没做什么啊，我只是……只是有一点运气而已……"

"瞧，一句多好的谦辞！"几个小伙伴几乎把德克抬上了讲台。

"大家好，我是格林村的村长，我叫德克。"

台下开始渐渐平息，直到鸦雀无声。

"我并不想竞争什么城主，我对现在的大龙城一无所知……"

台下重新响起了喊喳，好在转眼又恢复了安静。好奇心毕竟占了上风。

"说实话，我刚刚做人不久，我一直以为自己是一条恐龙，一条骨冠龙，直到昨天我才发现，骨冠龙只是我们的祖先，我们虽然是恐龙的后代，但是经过亿万年的进化，我们从当初的恐龙，一步步进化到现代的高级人类，恐龙早已成为遥远的传说，陈列在我们博物馆的那些恐龙化石仿佛与我们毫无瓜葛，其实不然。

"我相信自己在很长的一段生涯中，还残留着大量恐龙的特征，我会在冬天发困，我会做一些形形色色与恐龙有关的梦，我长得很丑……我相信上天如此安排，一定在警示我们什么，毕竟我们的祖先，曾经在这片土地上繁荣过，但也灭绝过。

"泪王子对大家来说神圣无比，那是我们大龙城的图腾，我发现家家户户把泪王子画成龟壳的图案，悬挂、供奉。大家还用羊皮拼接成龟壳图案的圆球，在草原上比赛、纪念。传说中，泪王子的确是我们的恩人，是我们的再造父母，但是泪王子为什么会舍我们而去，为什么离开了泪王子，我们不但没有灭绝，反而世代昌盛，越来越变得聪慧、文明。

"泪王子不是你们悬挂的乌龟壳，不是你们缝制的皮球，它是我们大家的情感，是我们的自强不息，是我们人与万物之间的

包容，泪王子从未离开过我们，它只是化成了我们人性的一部分，引导我们向善，引导我们向前，引导我们用区别于其他动物的那双手，多做一些杀戮、破坏、争斗之外的事情。

"我建议，大龙城不设城主，而是建立起一个村长联盟，遇事大家一起商讨，一起辩论，一起分析。只有这样，我们人类才会继续发展下去，才会避免一些致命的决定和做法，才会避免目光短浅，避免唯利是图，避免重蹈恐龙时代的覆辙……"

一场准备充分的竞选大会，就如此被德克村长给搅得稀黄。

台下的欢呼，远远盖过了个别候选人的埋怨。

接下来召开的村长联盟会议上，绵羊岭的代理村长杨小羚就一直黑着脸，为了多拉几张选票，自己收集多年的最漂亮的羊毛衫都全部送光了……

"德克村长的意思，我们刚刚发明的蒸汽机项目要叫停？"杨小羚满腔的愤愤不平，仿佛自己面对了一个顽固不化的老古董。

德克已听出这位青年操得正是羚羊师父的声音，他毕竟与自己的妈妈在《龙立方》中同为驯龙师，虽这一世退化得如此小肚鸡肠，德克还是客气地把他招呼到场外。

代理村长露出一副咄咄逼人的样子。

德克知道他十有八九是装出来的，就由他装着，半天没去搭理。但时间一长，德克还是软了心，开始盘算着如何着手与对方和解。"嗯，我并不是个缺朋友的人。"德克踌躇半天，觉得先把面子争了，总是件不吃亏的事。德克用力吞咽了一口唾沫，迅速斜了杨小羚一眼。

确定了对方正在聆听，德克这才继续说道："我只是不想在大龙城竖立一个敌人。"

德克并没发觉对手眼中闪过的一丝笑意。

"在某一段时间，我们曾经是要好的朋友……"德克每次回忆到那段时间，回忆到那段时间的格林村时，都是全神贯注、虔诚至极的，哪怕是那儿的一粒沙尘，他也要回忆得血肉丰腴。何况是自己的朋友。

杨小羚还是尽量忍住了笑，继续听德克说："那时你是一只正义的羚羊，你看着我出生，长大，你教会了包括我在内的所有恐龙许许多多做人的道理，你让我们坚强地活了下来，你与我的妈妈一起对抗着那个时代的邪恶，你们曾经是我最为敬重的一代人……"

说到这儿，德克就禁不住想起了那时的妈妈。想起了那条漂亮的母狗，想起了那些漂亮的毛发……但德克知道，现在正是与转世的老羚羊弥合感情的关键时刻，由不得自己走神。妈妈的毛发，只好忍痛放下。

其实也没由德克多说上几句，杨小羚就掺和进来，也讲自己千篇一律的梦境，讲自己对德克潜意识里的认知和亲切，甚至讲到了沙漠……现场的气氛终于恢复了热烈。二位重新勾肩搭背的时候，所有的别扭自然一扫而光。

大会正式通过了对蒸汽机项目的叫停。

那个需要大量燃烧的项目，能让各村之间的行程时间缩短一

半。

但也会让整片草原人仰马翻，沙尘密布。

# 6

德克听说整个大龙城中，只有狗皮洼没有供奉泪王子。

狗皮洼的神庙里只供奉着一条狗，一条与狼极为相似的狗，说白了就是条狼狗。那座神庙却叫犬神庙。人类村落供奉狗的毕竟不多见。德克就想亲自跑一趟，探个究竟。

那块牌匾上，的确写的是"犬神庙"。那里面的塑像，也的确是一条与狼一模一样的狗，因为塑像底座上清晰地刻着"狼犬大神"。下面是一行醒目的大字，德克何尝不识，正是"正义、仁义、忠义"。

看守神庙的是一位瞎子。

瞎子的生活想必拮据到了极点，除了猪大篷口中描述的穷人的所有特点，他的眼睛还是瞎的。但是，德克却感觉那双瞎的眼睛里，只是裹满了雾气，有些大智慧就是如此显得深不可测。

但在其他所有人的眼里，那确实只是个瞎子。

"瞎子！瞎子！"几个顽童甚至站在神庙门口，肥着胆子远远地叫着。那些顽劣不恭刺进瞎子的耳朵里，瞎子也只是微笑，还轻轻点头。德克这才感觉那双眼睛或许真的可以洞察一切呢。

然而那些雾气却依然在。

大部分的时间里，瞎子只顾自拿衣角一遍遍擦拭那具神像。直到德克觉得实在应该说点什么，这神庙里的雾气好像越来越重了。

"请问，您知道这座神像的由来吗？"

"那你告诉我，你看到了什么？"

对方一开口，德克的脑海里立马浮现出了王爷爷和大白鹅的双重形象，德克很确定自己听到的是这两位的声音，现在回忆起来，原来当年狼屯的王爷爷和栗园的白鹅大师，声音竟如出一辙。

德克肃然恭敬起来："大师，弟子愚钝，只看到了一尊狗的塑像。"

"那有什么好愚钝的，那原本就是一条狗啊。"瞎子一脸不以为然，"那你闭上眼睛，再看看，能看到什么？"

德克并未犹豫，应声闭上眼睛。

德克又听到瞎子嘟囔了一些碎话："你睁开眼看到的，未必都是真的……就像你闭上眼想到的，未必都是假的……真正真实的东西，是不会让你轻易一眼望穿的……它们都游离在你的目光之外……"

德克终于听不清瞎子说些什么了，德克只看到一条狗，一条狼狗，向自己缓缓走来。

"金虎……"

德克的声音像呓语般，喏喏而出。

# 十二、犬神庙

## 1

金虎置身圆桶内，闭目养神，随着狼屯的暗流，一路无阻，果然不出一个昼夜，便从狗皮洼后水草地的泉眼中冒了出来。

重见故土，金虎顿感亲切万分。

金虎就着微明的晨曦，舒心望着周围熟悉的花草树木、田园房舍，禁不住仰头深吸了几口凉气……金虎正自陶醉之际，忽然看见三五条黑影，在前面不远处的羊圈外，鬼鬼祟祟地晃动。

金虎顺手操起几块坚硬的鹅卵石，蹑手蹑脚地摸上前去，大喝一声"哪儿来的偷羊贼"，便要将手中的石头奋力抛出，但终于还是在最后的关键时刻，一个急刹，身子原地旋了几圈，生生把臂上的力道散了个精光——即将偷袭成功的那一瞬间，金虎才看清楚，对面黑影中的一位老者，正是狗皮洼的老村长！

老村长也几乎在同一时刻发现了金虎的身影，却满脸的惶恐，口中低吼道："来者何人，是本村居民吗？"

金虎一时纳闷，心想这老村长的眼神最近退步很快啊："村长先生，在下是受命出使外村的金虎啊，两个月前，是您亲自指派的，您忘记了吗？"

"金虎？"村长虽已老眼昏花，但在欣喜之余，依然不失炯炯神采，"你是金虎，可盼死老夫了！快点上前，让我好好瞧瞧，瘦了没！"

金虎心中一暖，不由低眉顺眼晃着尾巴凑上前去，但老村长在看清捧在手中的狗头时，竟然再次惊恐起来："金虎，你的耳朵上怎么会有狼族的缺口标志，你不会背叛本族，与恶狼们为伍了吧？"

金虎只道了声说来话长，一时实在解释不及，但求村长相信，自己始终是一条狗，一条仁义、正义、忠义的狗……一番真诚表白，村长已然疑虑大减，再加上队伍中的一只老绵羊上前，指着狼狗的黑眼球证实，这定然是一条狗了，而且是一条健康的狗。大家这才彻底消除了芥蒂。

在赶往村长家的路上，金虎基本摸清楚了村子的现状。

狗皮洼正处在历史上从未有过的败落。首先是近邻交恶，向来与自己和平共处的绵羊岭和猫头寨，相继生变。绵羊岭的村民，清一色的绵羊，在一夜之间，集体失踪了。猫头寨的村民，清一色的猫，在一夜之间，眼睛变红，集体疯了！

失踪的绵羊倒与狗皮洼关系不大，顶多影响点生活质量。但那群疯猫，却嗜血成性，给狗皮洼的居民带来了极大的危害，村子里一半的羊都被他们分食。负责守卫的狗，勇敢的都被对方咬

伤，染上了病菌，变成了疯狗；懦弱的大都闭门不出，避之唯恐不及。

以致人类居民都遭受过攻击，这在人类至上的沙漠村落里，简直骇人听闻！

"犬神庙！"当金虎问及狗皮洼有多少地段被疯狗攻陷时，村长痛心地回答道，"还有犬神庙附近的近二分之一的村寨，都挤满了疯猫疯狗！现在，双方正以村中心的河床为界，相互对峙着！但如果对方发起进攻，我们显然很难抵抗。"

金虎沉思片刻，再次问道："这支疯狗队伍，如此攻防有序，应该有统一的指挥者，对方带头的是谁？"

众人面面相觑，茫然不知。

这时，却从途经的门缝里，飘出来一句情报："我与他们接触过，他们的带头大哥正住在犬神庙，是一条叫作长毛的大獒，他手里好像有压制疯猫体内病毒的良药，所以队伍都听他指挥……"

可惜，等金虎打算再细问点什么，对方却大门紧闭，默不作声了。

这也难怪，为了肃清村子内疯狗病菌携带者，凡与犬神庙有过接触的，都在审查范围之内，此户主必定忧心家人的处境，这才在心血来潮吐完秘密后，瞬间冷定了下来。但村长还是安排随从，认真地登记下了这家人的门牌号。

金虎却另有所急，一心想亲自去趟神庙，会会这只狗头。

金虎不忘把老刺猬留给自己的解毒药尽数翻了出来，连同白

兔的苁蓉种子分出一半，交付村长，并嘱咐务必妥善保管，日后
必有大用。

2

金虎机警，加上熟门熟路，摸进了犬神庙的大厅前，并没费
什么周折。

神像依然巍峨地矗立在大厅中央，眼睛依然乌黑发亮，只是
神庙上下，却尘网密布，污秽遍地，与多年前的破落，有过之而
无不及。

金虎故地重游，也顾不得过分伤感，只是戴好面罩，四下搜
寻村民口中的大獒，但始终未嗅出半点气息。金虎正要出门加大
一下搜索范围，只听嗷的一声怪叫，顿觉头顶上阴风乍起，必有
强敌自高处袭来。

狼狗蔑笑一声，秃鹰这等格斗高手，自己可不是白交的！

金虎瞬间就地躺倒，四只利爪当头迎上。

对方自神像背后疾速跃下，一时占据地利，本已胜券在握，
却冷不防受了这巧妙的迎击，半空中的身子已是停不下了，而原
本用于进攻的四只爪子，在如此突变下，也只好抱头的抱头，护
裆的护裆，彻底退化成了防御姿势。

"扑！"刹那间，金虎的爪尖已悉数刺入了对方躯体，再双
双滚作一团。

金虎岂敢轻敌，张嘴便啃向敌人要害。

金虎的獠牙恰要搭上对方的喉管时，却就听到了一声哀号：

"好汉，千万别伤了我的性命，所有疯毒解药都藏在神像座内，您全部拿去吧！只是饶了我性命……"

金虎明了，解药必是这厮维持身价的全部家当，对方的投诚决心可见一斑。

金虎虽暂时收了爪牙，但一只手依然死死掐住对方脖子，另一只手中的猬刺也不离对方要害，然后低声审问："你是谁？猫头寨的猫如何中的疯毒？解药是怎么回事？"

对方也不慢待，一口气坦白了个透彻。

原来，这本是条狗皮洼的长毛犬，说起来，还与虎妞邻居，只是因为主人去世，村民们容不下他，他这才不得以去猫头寨混口饭吃。当时，正赶上绵羊岭的绵羊集体失踪，猫头寨内猫心惶惶，因为猫头寨与绵羊岭，那绝对是唇齿相依的交情，猫负责羊的交易，羊负责猫的生活，如今，羊没了，这于猫的意义，约等于人类没了货币，结果，一村子的猫喝了三天的西北风，就开始传起了一种红眼疯病。

染病的猫会良心大泯，不但一改食素的口味，而且还发展到了同类相残，结果，没出一个周，全村的猫都交叉感染了。

长毛犬在猫头寨外游荡时，那群疯猫已经开始肆无忌惮地攻击起过往的路人。但有一次，长毛发现一个戴着礼帽的男人路过时，对着围攻他的疯猫们扬手一撒，对方竟瞬间安静了下来，没了半点疯狂举动。

长毛犬一时惊奇，想上前探个究竟，却被对方一眼认了出来，原来，那路人正是虎妞的主人大善呢！

"虎妞的主人，大善？"金虎的确没听小妮子详细提起过，但一联想到朋友见到主人时的欢快场景，不由多嘴问了句，"那大善先生回狗皮洼了吗？"

"没有，他是朝绵羊岭的方向，不过，他临走时，把手中的解药留给了我，并嘱咐解药数量有限，只能解除疯狗疯猫一时的病情，嗜血行为却难以根除。所以，退而求其次，我只引导他们攻击绵羊，而且尽量把数量减到最少，还按大善先生的要求，把羊皮埋在村头最高的那座山丘上，以示歉疚。"

长毛说着，便自犬神像空洞的底座里取出解药，交与金虎。

金虎举在窗口处，就着月光瞧瞧颜色，再嗅嗅味道，知道与老刺猬配治的万能解药大致相同，这才随身取出，包括剩余的苁蓉种子，一起递回到长毛手中，并万般嘱托道："你我所有的解药加在一起，应该足够解除猫头寨的疫情，你这就给他们撒上足量的药，带领大家返回猫头寨，再把全村种满肉苁蓉，吃饭问题便也解决了。"

长毛犬感激之余，依然略有担心，肉苁蓉长成总要需些时日，而且任何动物一旦有嗜血的经历，短期内是难以彻底改观饮食习惯的，说白了，不陆续吃点肉，猫头寨的猫难说不会疯病复发。

德克也赞同长毛的观点，忽然想起王爷爷独创的"野葬"做法，不由心境一宽："这样，临时，你们每隔三天，来犬神庙取几只绵羊尸体打打牙祭，只是羊皮骨头一定要用心掩埋在村里风水最好的墓地中，以示尊重！"

长毛对这只狼狗的敷衍式的敬畏，早已变得由衷而热烈："小的一定完全照办，您简直就是犬神转世啊，可否赐告尊姓大名，我定当安排村民为恩公塑像立碑，日夜朝拜。"

　　金虎浅笑，知道自己当年丧家时，这位养尊处优的宠物狗也是赏了些白眼的，虽今非昔比，但狼狗也不想再勾起对方的歉疚，只幽幽地说道："是谁都无所谓，只要塑一条真正的狗，底座刻上'正义、仁义、忠义'的信条，便可以了。"

　　天色大亮时，犬神庙里只留下了孤单单的金虎。

　　金虎目不转睛地望着犬神的眼睛，想了良久。他想起了王爷爷的话，想起了爷爷一再叮嘱的信仰，想起了造成狗皮洼及邻村恶劣状况的症结所在。他逐渐在脑海中勾画出了一幅可以令狗皮洼繁荣昌盛、人心凝聚的宏伟蓝图，但手段却算不上高明。

　　那甚至是一个骗局。

## 3

　　金虎首先把供桌上的蜡烛点燃，然后移进犬神像空洞的底座中。

　　再用蜡粉在神像身上涂上六个大字：犬神热，恶魔灭。

　　金虎算到再过三四个时辰，疯狗之患悉数解除的消息一定会传遍整个村庄，村民们也一定会涌进神庙，拜谢功臣，那时金虎就可以利用大家对自己的感激之情，指着滚烫的神像以及上面溶解的蜡字，说明这一切其实都是犬神显灵，自己只是代神灵行事。

接下来，必是众人的顶礼膜拜，唯命是从，俯首帖耳，到时自己再顺水推舟提提"野葬"什么的……

事情的进展，也果然没出金虎所料。

犬神庙里终于恢复了久违的喧嚣，每天来上香供奉的村民络绎不绝。当然，为了保守秘密，金虎只能日夜守护在犬神庙中，定时为神像内添加火烛。而且脸上的面具，也再没摘下过。

这种有条不紊的生活，持续了近三个多月，昔日萧条的狗皮洼，开始生机勃勃，遍地的青草苁蓉，养肥了羊，育壮了狗，也让人类的脸上充满了盈然笑貌。就连即将辞世的老村长，也看不出半点哀恸的表情。

村长执意要在犬神庙里与村民们告别。

平静的案板上，村长清瘦的脸庞，光滑明亮，他轻轻地抓着金虎的前爪，眼神柔和而坚定，他面对的仿佛不是死亡，而是另一段更加舒心的旅程。他已了无牵挂，他终于在有生之年，看到了自己理想中的村庄，哪怕再不舍地望着神像，望着金虎，望着大厅里挤满的居民时，他都没有多说一句话。

村长感觉，面对这么一群齐心向善、积极进取的村民，说什么都是多余的。

村长先生的葬礼刚刚结束，村民便着手准备起了重选村长的工作。选举会场，依然选在了神圣的犬神庙，村民们隆重地祭拜完神像，便开始陆续投票。倒也没出大家意外，狼狗金虎，竟以全票通过，当选了新一届村长。

今后，在很长的日子里，狗皮洼的狗民、羊民，包括地位尊

贵的人类，都必须在一条狼狗的领导下，繁衍生息了。狗皮洼的历史，终于被彻底改写。

金虎欣喜之余，也不忘再三推辞，但终经不住现场选民的真诚，只好勉为其难。但对于老村长家人的居住邀请，金虎却断然拒绝。害得村民们只好天天往神庙里跑。

新任村长也的确不是庸俗之辈，金虎接下来采取的大量措施，可是让村子起了巨变。金虎号召大家不要再搞分散养殖，也不要再让墓地占用最肥美的水草之地，他规划出了一个庞大的绵羊牧场，牧场丛生的杂草中，遍布苁蓉果实。牧场四周，一圈负责警卫的犬舍，人类则在村中央的开阔地段统一建起了居民区，还将泉水引成了涓涓细流，把居民区分隔成了一片片田园幽境。

狗皮洼的村民早已不必为填饱肚子而殚精竭虑，他们现在流行着更高质量的生活方式，狗狗会望着吃草的羊群谱出动人的牧羊曲，人类会站在皎洁的月光下咏诵精美的诗歌，就连贪吃的绵羊，也会在难得的休息之余交流某一副楹联的工整程度。

总之，只要置身狗皮洼，便仿佛置身于一片文化圣地，世外桃源。

这儿到处都是欢声，到处是笑语，这儿看不到任何人的眼泪，大家早已忘记了忧伤，忘记了痛苦，忘记了灾祸。大家甚至都忘记了沙漠。

可惜，沙漠绝对不会忘记狗皮洼。

邪恶也不会。

# 4

最近，金虎的右眼皮一直在跳，跳得这位沙漠新秀心烦意乱。

虎妞早在选举当天就找到了金虎。

虎妞正默默替金虎往神像底座更换着蜡烛。这位生死至交，红粉知己，金虎一直信任有加，所有秘密对她都毫不避讳，他们像对待家人一样彼此推心置腹，关怀备至。

看到小妮子情绪不高，金虎开始细声地问道："咋啦，有什么心事？"

虎妞迟疑良久，才悠悠说道："我的主人回来了，刚才见过我。"

金虎忽然记起了长毛犬提过的那个叫作大善的传奇人物。

"大善先生回来过？现在人呢，我一直想当面感谢感谢他呢，当初若非他的解药，我狗皮洼早成了猫头寨殃及的池鱼了。"

虎妞的神态并没有多大起伏，只静静地传达，主人想在今夜子时，约见金虎。金虎自然满口应允，并把会见地点定在了犬神庙。

月满了神庙的窗台时，一个男人和一条公狗在虎妞的引见下，正相互客套。

大善是个温文尔雅的白净男子，说话语气略显舒淡，一副从不会发怒的样子："村长先生，时间紧迫，这儿也没有外人，我

就不绕弯子了。大善自一年前外出经商，略有小成，现在发现了一绝佳的商机，不知先生有没有兴趣。"

狼狗显然不是做买卖的料，但冲着虎妞的面子，总不好直接拒绝："大善先生说笑了，金虎不才，对方孔之术一窍不通，怕是愧对先生抬爱了。"

白脸男人却没急着搭金虎的话，只顾自说了下去："我们一直做着皮毛生意。现在，有一种动物的皮毛，在整个市场上，奇货可居，利润丰厚，被业内人士称之为软黄金。它就是我们沙漠中的大漠绵羊。"

金虎听到半截，心已冰凉，再看对方的狞笑，早已有了些愠怒。

"这么说，大善先生是要打我们狗皮洼绵羊的主意了？"

商人并没因金虎的冷峻而针锋相对，反而语气越发得温和，仿佛正在描述一件与己无关且微不足道的小事情。

"绵羊岭的羊，都被我们卖光了。原本给猫头寨投放疯毒，再施舍点解药，是指望这批疯猫能够定期足量地猎杀狗皮洼的羊，然后把皮毛留给我们，可惜，好像被金虎先生给搅和了。当然，村长大人也不要急着得意，我的火枪队最近三个月没拿狗皮洼开刀，是因为我们忙着搜寻一个叫什么狼屯的牧羊区，但是，我得到的地图恰恰残缺了最关键的部分，当初故意留下的指南针记录仪也好像被人给动了手脚，或者，那个所谓的狼屯根本不存在，只是有人在故意拖延时间……"

说到这儿，大善扭头朝一脸死灰的虎妞剜了一眼，并把一团地图和生了锈的金壳指南针狠狠地丢了过去。

大善再与金虎对视时，已是满目狰狞："狼狗，我只给你两条路，第一，我俩合伙分批将村子的绵羊输送出去，这样你安心做你的村长，我安心赚我的钱，两不相欠。第二条路，我就实在有些不忍心了，我会先让你身败名裂，再将村子的羊全部屠杀，当然如果中途有出面阻止想为正义献身的，我的火枪队绝对会成全他，无论是人，还是狗。村长大人，选哪条路，您说了算……"

"你是在威胁我？"

"你也可以当作诱惑……"

这条狼狗，恰是最受不得别人威逼利诱的。

只听金虎冷笑一声："狗皮洼的人类、狗族、羊族，世代修好，如一方受到威胁，必同仇敌忾，大善先生若一意孤行，决心与狗皮洼为敌，老狗奉陪到底就是了。"

说来，这大善本也算不得万恶，却因利欲熏心，被那地下的黑蟒钻了空子，控制了心性，以致恶贯满盈。其实，无论是人性还是兽性，既是自然而生，原本都是些无可厚非的事情，只是一旦沾染了魔性，才会令人发指。

大善的火枪队因为三个月的车马劳顿，已然疲惫不堪，大善本想逞些口舌之能，起到兵不血刃的效果。待发觉的确低估了这条狼狗的秉性，心中早已打了破釜沉舟的主意，这才"嘎嘎"阴笑两声，扬长而去。

当然，真正让金虎心如刀绞的，是面前啜泣不止的虎妞。

金虎一再喃喃道："我一直视你为生平至交，没承想你竟与这般恶人沆瀣一气，残害同乡，你当初发的毒誓你都忘了吗，那正义、仁义、忠义的狗族本性你都忘了吗，你立志做一条好狗的理想都忘了吗？"

"我真的没办法，我只是条狗啊！做条好狗的前提，是要摊上一个好的主人，这是我能够选择的吗……"虎妞号啕说完，便要夺门而出。

金虎知道，事已至此，再多埋怨也无意义，却还是灵机一动，想到了什么。

"虎妞，你……你想不想进行补救？"

虎妞闻听，并没作答，却是稳住了身形，回头怔怔地望着金虎。

## 5

"金虎村长是一条恶狼"的消息，不出一夜，就传遍了整个狗皮洼的大街小巷。

第二天天刚亮，犬神庙门前早早挤满了前来求证的村民，当然，现场除了人类便只是狗，绵羊好像历来对类似事件并不热衷，他们宁愿更关心自己的青草口感和睡眠质量。

金虎静静地坐在神像前的供台上，宁神闭目。

与金虎距离最近的，便是商人大善，大善身后，是一圈把持着神庙大门荷枪实弹的帮凶，其他门窗，早已被封了严实。

"这是一条货真价实的狼！"

商人站在高高的门槛上，尽情发挥着自己的煽动，仿佛每一句话的每一个字眼都凿凿有据，不容置疑。

"看他的耳朵，那是沙漠狼的特有标志！我都怀疑村子里有他的同伙，否则怎么会选一只恶狼做村长，村里的狗都得清查一遍！狗皮洼的人类，醒醒吧，我们怎么能让一群狼来看护我们的羊呢！"

见人群中并无反应，商人却毫不气馁："哪怕狗皮洼人心向善，能够接纳一条改过自新的狼，那么……村长的谎言，大家总不能充耳不闻吧！《村长祖训》中的第一条，就要求身为一村之长，必须具备诚实的品格，大家来看！"

大善喊着，示意手下将备好的一桶凉水泼向高温的石像。

热石遇冷，随着一阵"噼噼啪啪"的爆裂声，那座威严了几百年的犬神神像，瞬间碎了一地，底座中赫然显现出了大量的溶烛。

金虎在碎石的重击之下，吐了几口鲜血，却依然仪容不改。

大善指着证物，嘎嘎干笑着："看到了没，这只恶狼混入村子也就罢了，还装神弄鬼地迷惑大家，你们醒醒吧，什么信仰，什么精神，都是虚的！"

大善吼着，一手举起火枪，另一手托着一把金币："看到没，权力和金钱，这才是实实在在的东西，这才能真正改善大家的生活，这才是永恒的信仰，请大家相信我，我才配做大家的领袖，什么精神的、物质的，只有我！只要我们把这些异类清除干净，再好好把握住商机，我大善一定会用最短的时间，把狗皮洼

打造成一个称霸四方的商业帝国！"

人群中开始渐渐有了响应，有十几个年轻人正悄悄向商人的身边凑了过去。

但现场的狗狗却显然体会不到做富豪的妙处，只一味高喊着"我们相信金虎""金虎是条好狗""金虎不是狼"，并试图突破火枪防线，救出自己的村长。

大善终于凶相毕露，一指狗群："就知道你们个个受了这恶狼的蛊惑！火枪队听令，即刻把那只妖言惑众的恶狼绑在供台上，架好柴火，烧成灰烬！嘿嘿，你们这群忠实的追随者，倒是可以允许你们上台来陪陪葬，省得老子过后排查了。"

伤痕累累的金虎村长，被粗暴地架到了木台上。

金虎稍稍平静了一下气息，缓缓取下眼睛上的面具。

"犬神像的事，是我欺骗了大家，我的确不配再做狗皮洼的村长。但请大家相信我，我永远是一条狗。"金虎说到这儿，对着门外的父老乡亲，深情地鞠了一躬，"狼和狗的区别，不在于耳朵是否残缺不全，不在于眼睛是什么颜色，也不在于他外表凶神恶煞还是慈眉善目，只要看他有没有坚守一条好狗的品格，看他有没有做到时刻秉持正义、仁义、忠义的行事准则，无论顺境逆境，无论富贵贫贱，始终如一，至死不渝，做到了，狼也会成为匡扶正义的狗，做不到，狗也会变为残暴不仁的狼。"

这时，人群中忽然传出一声："这是不是条狗皮洼的狗，看他骗了没不就行了。"

大善闻听，假装一震，举着火把凑近金虎，小声提醒道：

"刚才是我安排人故意喊的，探子回报，狗皮洼的羊和我养的狗，忽然集体失踪了，定是你小子出的主意，只要你告诉我绵羊的去处，我保证借坡下驴，饶你性命，如何？"

金虎望着火把照映下的那张鄙陋的嘴脸，静如秋水。

"对不起，我是一条狗……一条好狗！"

商人彻底地气急败坏起来，狂吠一声："骗了又怎样！据说就有个妇人之仁的狼屯，捉到恶狼不是杀掉，而只是阉割，似这等惯犯，更是该死！"

说着，便将手中火把丢向了木柴。

望着浩然正气的狼狗金虎，狗族居民终于集体哗变，他们纷纷跃过人墙，扑向案台，面对熊熊烈火，他们毫无惧色，只是将自己的村长高高托起，就着荧荧火光，高喊着"正义、仁义、忠义"的口号，各自在耳朵上抓出了一个个明显的"'V'"形缺口。

门外的人类群体也开始骚动起来，他们嘴里喊着保护狗狗，开始用力推搡那扇被把守的庙门。庙里的火已经燃烧了起来，其他紧闭的门窗根本来不及打开，商人和他的火枪队员唯一逃生的门口又被堵得水泄不通……

结果，任由庙里的求救声变得越来越稀疏，村民们始终没发现一个凶手逃出火海，直到整个神庙被彻底烧成了灰烬，随风而逝。

第二天，村民们在本已荒废的绵羊岭，找到了自家全部的羊。

狗皮洼的村民，却永远失去了自己的狗。他们怀念着狗的功德，把村子里寻羊有功的那条唯一幸存的母狗，推选为了新的村长。新村长给自己起了一个新名字，叫作"德信"。她很快便忘记了自己原先的名字，和那个为她起名字的人。

然而有绵羊的村子没有狗，毕竟是件很可怕的事。

第二个月，焦虑的村民在水草地的泉眼里，捡到了一只大木桶，桶里竟有一窝小狼狗，可惜语言不精练，只会说一个词"金虎"。以后每个月，村民们都会在相同的地点，捡到只会喊"金虎"的小狗。

村子里开始盛传是金虎村长显灵，甚至有夜归的村民说，曾亲眼看到一只耳朵残缺的狼狗，站在村前的山丘上，对着村子深情地张望……

德信村长终于抵不过大家的纠缠，只好尊重民意，在神庙的旧址上，重新建起了一座犬神庙，庙里重新塑了一尊狼犬神像，神像底座上，赫然凿刻着"正义、仁义、忠义"六个猩红大字。

没过几天，神像耳朵上竟不知被谁在哪个夜晚，敲上了两个"V"形缺口。

淘气！

# 尾　声

　　一只老乌龟，像一块磐石，静静地趴卧在沙漠之中。

　　不远处，有一处低洼，那儿在不久前，还是一潭清澈的湖水。现在却只有黄沙。

　　乌龟知道自己是离不开水的。没有水，自己也会很快变成一堆沙子。

　　一片叶子从远处飘来。那片叶子与普通的叶子并无二般，只是大得出奇。叶子翩翩跹跹，直接覆在了老乌龟干裂的龟背上。

　　"你后悔吗？"叶子开口说道。

　　乌龟嗓子里正冒着烟，说话已经是件遥不可及的事情。乌龟只是点头。

　　"你相信他们会进化成理想的人类，从而摆脱泪王子的控制吗？"

　　乌龟还是点头……这个唯一能做的动作，只能证明乌龟还活着，并无深意。

　　"你违背上神的意愿，私自解散泪王子，把万物生灵的命

运，悉数寄托在一群反复无常的人类身上，连诸神都不敢如此冒险……你真是个彻头彻尾的赌徒！上天神谕，因你犯赌博之罪，罚你变永世雪峰，白雪压顶，清醒清醒。顺便俯视众生，看你当年下的赌注，会不会血本无归！"

乌龟点头，谢恩。

叶子飘零而去……

本部完

首稿完于2017年12月18日

次稿改于2017年12月22日

三稿定于2017年12月28日

四稿定于2018年01月12日

**图书在版编目（CIP）数据**

恐龙德克之泪王子 / 黄鑫著. –– 南昌：百花洲文艺出版社, 2018.7
ISBN 978-7-5500-2830-2

Ⅰ. ①恐… Ⅱ. ①黄… Ⅲ. ①长篇小说 – 中国 – 当代 Ⅳ. ①I247.5

中国版本图书馆CIP数据核字（2018）第106418号

# 恐龙德克之泪王子

黄鑫　著

| | | |
|---|---|---|
| 出 版 人 | 姚雪雪 | |
| 责任编辑 | 王俊琴 | |
| 装帧设计 | 黄敏俊 | |
| 制　　作 | 何　丹 | |
| 出版发行 | 百花洲文艺出版社 | |
| 社　　址 | 南昌市红谷滩世贸路898号博能中心一期A座20楼 | |
| 邮　　编 | 330038 | |
| 经　　销 | 全国新华书店 | |
| 印　　刷 | 江西千叶彩印有限公司 | |
| 开　　本 | 720mm×1000mm　1/32 | 印张　7.125 |
| 版　　次 | 2018年8月第1版第1次印刷 | |
| 字　　数 | 150千字 | |
| 书　　号 | ISBN 978-7-5500-2830-2 | |
| 定　　价 | 28.00元 | |

赣版权登字　05-2018-214

邮购联系　　0791-86895108
网址　　http://www.bhzwy.com
图书若有印装错误，影响阅读，可向承印厂联系调换。